JN078003

目次

書き下ろし番外編

宮廷錬成師「シュウ」として
王都で活躍する青年。
ショコラとは同じ村出身で、
あるきっかけで喧嘩したまま
疎遠になっていた。
偶然王都で再会し、
ショコラを自分の工房へ誘う。

シヨコラ

母に憧れ、自分の工房を
開く夢を持つ錬成師。
ブラックな環境下で働き詰めの中、
過労で倒れてしまい、
能無しと解雇されてしまう。
実は自分でも気付いていない
規格外な能力を秘めていて…？

ブラック工房を解雇された錬成師、王都で楽しい錬成ライフをはじめます！

～おかげで幸せな第二の人生送っているので、元職場に興味はありません～

Characters

ババロア

ショコラを解雇した工房の主人。
自分の名誉のためならどんな手も使う。
経営が傾いた理由はショコラに
あると気付き、連れ戻そうとするが…？

ムース

王国騎士団、近衛師団の師団長。
クリムを気にかけており、
よく工房に顔を出しにやってくる。

チョコ

ショコラの母親。
独学で錬成術を取得しており、
自分の工房を持つことが夢だった。

プロローグ

眠い、休みたい、仕事を辞めたい。

そんなことしか考えられなくなってしまったのは、いったいいつからだろう？

「昨日命じた炎鹿（ブレイズバンビ）の角はどうした？」

「す、すみません。別の素材を採りに行っていたため、まだ採取はできていなくて……」

「さっさと持ってこい鈍間（のろま）が！　お前が怠けた分、俺の作業が遅れることになるんだぞ！　徒弟（とてい）の分際で俺の顔に泥を塗るつもりか！」

作業場で棚の整理をしている最中、目つきの鋭い金髪の男が、不機嫌そうに怒鳴り声をぶつけてきた。

彼は錬成師ババロア・ナスティ。二十五歳。

そしてここは、彼が立ち上げた錬成工房――ババロアのアトリエだ。

そこで私――見習い錬成師のショコラ・ノワールは、『素材採取係』として働いている。

「今すぐに採ってこい！　今日は五本の角が集まるまでアトリエには入れんからな」

「は、はい……」

私は取りかかっていた素材棚の整理を手早く終えて、休む間もなくアトリエを出た。

そして薄暗くなりつつある橙(だいだい)色の空を見上げてから、足早に素材採取に向かう。

錬成術には、薬草や木材、鉱石、動物などの素材が必要不可欠だ。

それらを魔力を用いた調合技法でひとつの物質に作り替えることを『錬成術』と呼び、それを生業(なりわい)としている者たちを『錬成師』と呼ぶ。

とりわけ魔物から採れる素材は錬成術において重宝されるため、素材採取係の私はこのようにしてたびたび危険な魔物討伐を伴う素材採取に行かされているのだ。

「……はぁ」

別に私は、戦闘が得意なわけではない。魔物に関しての知識が豊富というわけでもない。

だというのにババロアは、師範という立場を利用して無理矢理に私を素材採取に行かせている。自分で素材採取に行く手間が省けるからと、徒弟の私をこき使っているのだ。

長時間労働、指導放棄、暴言による精神的侵害。

おまけに与えられている寝床は、アトリエのじめっとした地下室。

おかげで私は寝不足や体調不良に悩まされながら苦しい日々を過ごしている。

「うわっ」

道すがら、先日降った雨によって地面にできた水溜(た)まりに、不注意で足を突っ込んでしまう。

疲労のせいで視野が狭まっているなと、自分自身に呆(あき)れていると、やがて水面の揺れが収まって、そこに映った顔に思わず乾いた笑い声を漏らしてしまった。

「ひどい顔……。前の休息日、いつだったかな」

痩せこけた頬に虚ろな緑の目、目の下には濃いクマが浮かんでいる。唯一の自慢だったセミロングの茶色の髪は、手入れが行き届いておらず枝毛だらけ。

お嫁に行っていてもおかしくない、十八歳の乙女とは思えない姿だ。

ただでさえ小柄なのに、満足に食事もできていないから余計に体が小さく見えるし、傍から見たら虐待されている少女のように映るんじゃないかな。せめてボロボロの白いチュニックと薄汚れた灰色のエプロンだけはどうにかした方がいいかもしれない。

それもこれも休みの日さえあれば、難しいことではないんだけど。

でも休みたいと思っても、師範のババロアに『働け』と言われれば働かなければならない。

それが師範と徒弟の関係。

錬成師ギルドに一人前の錬成師として認めてもらうためには、まず師範のもとで五年間の修業が必要になる。その徒弟期間を終えて、ようやく職人と見做されるようになり、品評会への出品が可能になる。

そして品評会で作品を評価されれば、錬成師として自分のアトリエを開くことができるのだ。

だから私は三年前、自分のアトリエを開くためにババロアに徒弟として雇ってもらった。

けれど、今日まで錬成術の指導をしてもらったことは一度もない。

それどころか時間が空けばなにかしらの雑務を押しつけられる、明らかに劣悪な労働環境だ。

「……辞めたい」

切実に思う。

今すぐにすべてを投げ出して、任されている仕事を全部放ってどこか遠くへ逃げてしまいたいと。

それで大好きなあま～いお菓子を好きなだけ食べて、幸せな満腹感に浸りながら好きなだけ眠るんだ。

そんなことをする度胸もないため、私は諦めて森へと続く道を歩き続ける。

そもそも徒弟として入ったアトリエは辞めてはいけない決まりになっている。

五年の徒弟期間もまともに終えられず、途中で投げ出すような奴(やつ)は根性なしと見做されて、他のアトリエでも雇ってくれなくなってしまうのだ。

だから辞められない。ババロアの言いなりになるしかなくて、危険な魔物討伐を強制され続けている。

「ピィイ！」

王都近くにある森に辿(たど)り着き、少し進んだところで、奇妙な鳴き声をあげながら魔物が飛び出してきた。

赤い体毛と槍(やり)のように長く大きな黒角、成人男性を上回る巨躯(きょく)が特徴的な鹿型の魔物――

炎鹿(ブレイズバンビ)。

今回の目標の魔物である。

人間を見つけると積極的に襲いかかり、魔力で生成した火炎を黒角に宿して攻撃をしてくる。

その火はかなりの高熱を帯びているけど、炎鹿（ブレイズバンビ）の角は耐久性と耐熱性に優れていて、長時間火炎を纏（まと）っていてもまったく問題がないのだ。

ゆえにその角は、武器や錬成用の素材として重宝されている。

「ピィ！」

薄暗い森の中で炎鹿（ブレイズバンビ）と対峙（たいじ）していると、奴は地面を引っかいて突進の構えを取った。

地面をかくたびに、ボッボッと黒角に炎が立ち、やがて迸（ほとばし）るように火柱が立ち上る。

それを機に、炎鹿（ブレイズバンビ）が地面を蹴飛ばして飛びかかってきた。

「――っ！」

私は鋭く息を吐きながら、右横に飛んで炎鹿（ブレイズバンビ）の突進を回避する。強烈な熱気が真横を通り過ぎていくのを左頬に感じながら、私は後ろを振り返りつつ左手を構えた。

「【渦巻く水流――不快な穢（けが）れを――洗い流せ】――【水流（アクアフロー）】！」

瞬間、左の手の平に魔法陣が展開されて、そこから勢いよく大量の水が放たれた。魔物めがけて放たれたそれは、角に宿っていた炎を消し去り、ついでに巨体を奥へ吹き飛ばす。

水属性魔法――『水流（アクアフロー）』。

これで熱気に邪魔されずに近付けるようになった。

私は奴の体勢が整う前に素早く肉薄し、懐からナイフを右手で取り出し胸をひと突きする。

「ピィィ！」

赤い体毛を貫いて胸のやや下に刃が食い込み、そこから鮮血が溢(あふ)れて私の茶色の髪を赤く染めた。

すかさずナイフを抜いて巨体を蹴飛ばすと、炎鹿(ブレイズバンビ)は地面に倒れてバタバタと暴れる。

どうやら今の一撃で急所を突けたようで、やがて奴は脱力して静かになった。

直後、炎鹿(ブレイズバンビ)の体が硬直し、全身が灰となって風に攫(さら)われていく。私に付着した血も蒸発して、後に残ったのは、唯一灰にならなかった炎鹿(ブレイズバンビ)の黒角だけである。

「……ふぅ」

私はそれを担ぎ上げて、近くの茂みに隠しておく。

これで一本獲得。

散々魔物討伐をさせられてきたから、凶悪な魔物との戦いも随分と慣れてきた。

田舎の村で畑の手伝いをしていた頃では、とても考えられない成長ぶりである。

ま、慣れてきたって言っても、疲れるものは疲れるけどね。

「さてと……」

残り四本。

それを集め終わらなければ今日はアトリエに帰れない。

強烈な疲労感と眠気に襲われながらも、ババロアの険しい表情が脳裏に浮かんで、私はほぼ無意識のうちに次の標的を探し始めていた。


「遅い！　いったいなにをしていたのだ！」

「す、すみません……」

素材採取から戻ってくると、さっそくババロアから怒鳴り声を頂戴した。

アトリエを出てから六時間での帰還。

言うほど遅くはないと思うんだけど、ババロアはどうも気に食わなかったらしい。

「素材がなければ錬成術ができず、アトリエ全体の作業が止まることになるんだぞ！　素材採取係として相応の責任感を持てこの鈍間が！」

「は、はい……」

周りを見ると、他の職人や徒弟たちは、こちらと目を合わせようとせずに作業場の片付けをしている。ババロアに意見できる人はいないし、下手に助け舟を出せば今度はその人が攻撃されることになる。だから誰もなにも言わずに、隠れるようにして身を縮こまらせていた。

「それと、『溶液の粘液（スライム）』はどうした？」

「えっ？　な、なんのことで……」

「言ったはずだぞ、明日の錬成に使用する予定だから、二十体分の粘液を採ってこいとな」

私は驚愕（きょうがく）のあまり、目を見開いて固まってしまう。

……言われていない。

そんな指示を受けた覚えは一切ない。

いくら寝不足だといっても、ババロアの指示を聞き逃すような失敗はしないはずだ。

前にも何度かあった。受けていない指示を後から言われて、聞いていないと返したら怒鳴り散らかされたことが。だから『言われていない』と返しても、怒鳴られるだけに違いない。

「す、すみません、忘れていました」

「……なんだと？」

「き、聞き逃していたのかも、しれません。申し訳ございません、ババロア様」

頭を下げるが、ババロアから怒りの熱気が迸るのを感じる。

恐る恐る顔を上げると、やはり彼は険しい表情でこちらを見下ろしていた。

「ふざけるなよ、この愚図が！　今すぐに素材を採ってこい！　目標数を回収してこなければ、絶対にアトリエには入れんからな！」

ババロアの発言に耳を疑う。

今から素材採取に行け？　日付が変わるまで、あと一時間もないのに？

ただでさえ夜は視界が悪くて危険な魔物も多いし、素材採取が困難になる。

だというのに今から溶液（スライム）の粘液を二十体分回収なんて、帰ってこられるのは完全に朝方になるじゃないか。でも、行くしかない。アトリエに入れないと言ったら確実に入れない人だから。

開き直って採取を諦めて外で寝床を確保した場合は、最悪解雇処分を受けるかもしれないし。

なんとか明日の錬成作業開始までに間に合わせれば、きっと許してもらえるはず。

私の睡眠時間は完全になくなるけど、やっぱりそれしか……

「あ、朝までには、必ず持ち帰ってきます。ですからどうか、それでお許しくださ……」

刹那──突然視界が揺らいで、全身からすっと力が抜けていった。

そのまま支えを失った人形のように床に倒れて、周りから職人たちの驚く声が聞こえてくる。

「お、おい！　大丈夫かショコラ⁉」

「誰か手ぇ貸してくれ！　寝床まで運ぶぞ！」

私、倒れたの……？

体が思うように動かず、起き上がろうとしても手足に力が入らない。

遅れて私は思い出す。

そういえば、最後にまともに寝たの…………五カ月も前だ。


「素材集めもろくにできない無能はここから出ていけ」

「えっ……」

十時間後に目覚めた私は、ババロアの部屋に呼び出されてそんなことを言われた。

寝不足の不調からわずかに解放されて、頭はそれなりにすっきりしている。

だからこそババロアからの言葉が、より鮮明に頭の中に響いてきた。

「出て、いけ……？　ということは……」

「みなまで言わねばわからんのか？　徒弟を破門とし、俺のアトリエから解雇するという意味だ。今すぐに荷物をまとめてここから出ていけ」

無慈悲なその宣告に、血の気がすっと引いて背筋を震わせる。

アトリエからの解雇。それだけは絶対にダメだ。

せっかく三年間、どんな苦しみにも耐え続けたっていうのに。

「お願いします、まだここにいさせてください……！　もう絶対に、見苦しい姿はお見せしませんので……」

「与えられた役目を果たせず、他の職人たちの手も煩わせた無能をこの先もアトリエに置いておけと言うのか？　馬鹿も休み休み言え」

必死な懇願も一蹴されてしまう。

「うちのアトリエは最近特に波に乗りつつあるのだ。俺の商品の品質に惹かれた客たちが次々と依頼を寄越してくる。そんな中で失態を晒した徒弟を見過ごしたとなれば、他の職人たちの気の緩みやアトリエの悪評に直結しかねない」

次いでババロアは不快そうに顔をしかめた。

「第一、お前のような出来損ないの徒弟を持っているというだけで、師範の俺の品性を疑われることになる。大事なこの時期に不評に繋がる要素を残しておくことはできん」

「で、でしたら私は、今後は素材採取に関与せず、アトリエ内の他の雑事をこれまで以上にこなして参ります。ババロア様の不評になるような行いは絶対にしませんので、まだこのアトリエに……」

「くどいぞ！」

ダンッ！とババロアの手が卓上に叩きつけられる。

「いったいあと何秒、無能なお前に時間を割けばいい？　ただでさえ滞っている作業が山ほどあるのだ。さっさと失せろ、この能なしが」

容赦のない言葉の数々に、私は無力感と悔しさから唇を噛みしめる。

まるで取りつく島がなく、これ以上の抵抗は無意味だと悟った。

これで、私の錬成師人生は終わり。

徒弟期間中に解雇されて、それからどのアトリエにも雇ってもらえず夢を諦めた者たちはごまんといる。私もその人たちと同じように、錬成師の夢を諦めるしかないの？

私は呆然としながらババロアに背を向け、覚束ない足取りで部屋の扉へと歩いていく。

そしてババロアに言われた通り立ち去ろうとすると、最後に彼は……

「そもそも――」

耳を疑う言葉をかけてきた。

「女が錬成師になろうということ自体、錬成師に対する侮辱に他ならない」

「………はっ？」

私は鋭く目を細めて、ババロアの方を振り返る。

「結局は女に錬成師は務まらなかったのだ。事実、軟弱なお前は素材採取の役目をまともに果たせず倒れたではないか。たとえ錬成師になれていたとしても先は長くなかった。女ごときに大した物など、作れるはずもないのだからな」

「――っ！」

感情に任せて掴みかかろうかと思ったけれど、寸前で自制心が働く。

そしてなにも言い返すことをせずに、悔しさを噛み殺しながらババロアの部屋を出ていった。

こうして私は、なんとも理不尽な理由で、劣悪な環境のアトリエから解雇されたのだった。

第一章　ブラックアトリエから不当に解雇されました

私が錬成師を志したのは、お母さんに憧れたからだ。

お母さんの名前はチョコ・ノワール。

美人で優しくて、のほほんとした雰囲気が印象に残っている。いつも、錬成術でおもしろいおもちゃやかわいい服、美味しいお菓子などをたくさん作ってくれた。

ババロアの発言に憤りを覚えたのはそれが理由である。

確かにギルドに腕を認められた一人前の錬成師は、そのほとんどが男性で、アトリエを運営している女性錬成師は全体の一割ほどしかいないと聞く。

でも男性とか女性とか関係なしに、お母さんはとてもすごい錬成師だったから。

そんなお母さんは、私が十歳の時に重い病気に罹ってしまい、それから一年半後に他界している。

『お母さんね、いつかアトリエを開くのが夢なの。それでもっとたくさんの人たちを笑顔にしたいんだ』

その夢を叶える前に、お母さんは病気で倒れてしまった。

だから私が代わりに、お母さんの夢を叶えてみせる。

アトリエを開くことができたら、お母さんがすごい錬成師だったってことをきっとみんなに証明できる気がするから。

そのために私は三年前に故郷のポム村を飛び出して、錬成師の道を歩み始めた。

お父さんも背中を押して送り出してくれて、お母さんの夢を託してくれた。

けれど……

「これからどうしよう」

ババロアのアトリエを追い出された私は、意味もなく町を徘徊(はいかい)していた。

徒弟期間中の破門。それは、見習い錬成師にとって、まさに死を意味する。根性なしの見習い錬成師というレッテルを貼られて、受け入れてくれるアトリエがまったくなくなるからだ。

いっそのことババロアのアトリエの実態をギルドに報告する？

まともに徒弟の面倒を見ずに長時間労働を強制しているとギルドに訴えてみようか？

いや、もしそうしてもうまく言い逃れられるだけだろう。

私以外の職人や徒弟たちは、一応錬成術の訓練をする時間を与えられているわけだし。

下手に告発をして労働環境が悪化してしまったら、彼らにとって最悪の事態になる。

あの人たちに迷惑をかけたくないからなぁ。

【助けてやれなくてすまなかった】

解雇宣告を受けた後、荷物をまとめるために地下室に行くと、寝床に一枚の紙が置いてあった。そこには一文のみが記されていて、職人か徒弟、あるいはみんなの声を代弁した手紙だとすぐに悟った。

私を気遣っているところをババロアに見られたらまずいから、こうして手紙だけでも書いてくれたのだろう。私も、倒れた時に介抱してくれた礼を綴って、職人たちの部屋に手紙を置いておいた。

あの人たちに迷惑はかけたくないし、成功確率やババロアからの報復のことも考えると、やはり泣き寝入りするしかないだろう。

「とりあえず、新しい修業先を見つけなきゃ……！」

無駄かもしれないと思いつつ、私は錬成師ギルドに向かう。

そこでアトリエの空き状況を確認して、徒弟として受け入れてくれる場所を探すことにした。

その前にまずはギルドで徒弟を破門になったことを伝えなければならないので、ギルドに近付くにつれて自ずと胃がギュッと痛くなる。

やがて錬成師ギルドに辿り着くと、受付窓口まで行って必要となる手続きを行う。

ついでにアトリエの空き状況を確認したけど、今は徒弟を取っているところが少ないようだ。でも一応空きはあるので、そこに徒弟入りの志願を出しておく。

これで向こうが引き受けてくれた場合は、その後簡易的な面談や実技試験を受け、合格すれば晴れて徒弟としてアトリエに雇ってもらえる。

「では、お返事が来るまでしばらくお待ちください」

「はい、よろしくお願いします」

可能な限りの志願を出した私は、また一週間後にギルドにやってくることにした。

「すべてお断りされてしまいました」

一週間後。錬成師ギルドを訪れた私は、すべての志願を却下されたことを受付の女性から聞くことになった。

思わず愕然としてしまうけれど、正直薄々そんな気はしていた。

アトリエの空きが少ない状況下では、他の徒弟志願者たちと取り合いになるのだ。その中で破門経験のある私は圧倒的に不利な立場なので、全部の志願を却下されても不思議はない。

それでも引き受けてくれるところがないかと思って、諦めずに志願の申請をしようとすると……

「大変申し訳ございません。現在、ショコラ様が志願可能なアトリエはひとつもない状況となっております」

「えっ？」

「ショコラ様の噂が、すでにギルド内に流れております。素材採取の手伝いはろくにできず、作業場では不手際の数々で職人たちに迷惑をかけていると」

受付の女性が訝しむような様子で、予想だにしていなかったことを告げてきて、言葉を失くして立ち尽くしてしまう。

私の噂が、ギルド内に流れている？　しかも明らかに私を陥れようという悪評ばかり。

間違いない。これはババロアの仕業だ。

なんでこんなことまで……

「それが原因で、徒弟の引き受けをしているアトリエからはすべて志願拒否をされております。ですのでギルド側からご紹介できる場所はひとつも……」

「……そ、そんな」

唯一の望みであったギルドからの紹介も断られてしまった。

いつかは破門された噂が出回るだろうと思っていたけど、まさかわずか一週間で、しかも私が不利になるような悪評がギルド内に知れ渡るなんて。もうこの町で錬成師としての修業をすることはできないのかな。

一人前の職人として認めてもらうためには、徒弟として修業期間を終えなければならないのに。なら、別の町や国に行って修業先を探してみる？

「…………いや」

結局は徒弟期間中に破門されたという事実は付き纏うので、アトリエに入れてもらうのは難しいだろう。

そもそも錬成師としてアトリエを開くなら、この王都フレーズ以外に選択肢は考えられない。

ここ、アルブル王国は錬成術の発展によって繁栄してきた国で、世界的に見ても錬成師に対する認識と待遇が良好である。

そのため国の中心である王都フレーズには錬成師が集まり、活躍している人たちも大勢いることから、ここで頭角を現すことが錬成師としての成功への近道とされている。

それを教えてくれたのは、他の誰でもなくお母さん。いつか王都でアトリエを開くというお母さんの夢を、私はこの場所で叶えたいんだ。

なによりお母さんがすごい錬成師だったってことを証明するためには、どうしてもこの場所じゃなきゃいけないのに。

「……わかり、ました。また日を改めて来ます」

受付の女性から怪訝(けげん)な視線をもらいながら、私は弱々しい足取りで錬成師ギルドから立ち去った。

その後、あてもなく町の中を彷徨(さまよ)う。

覚悟はしていたけど、まさかここまでどうしようもない状況に追い込まれるなんて。

破門された見習いたちが、全員その道を諦めたというのも深く納得できてしまう。

ギルドでアトリエの紹介もしてもらえない。直談判なんてもってのほか。

他の町での活動も現実的ではなく、錬成師として生きていくのはもう諦めるしかないのだろうか。

「うっ……ぐっ……」

　我知らず涙が滲んできて、思わず手で顔を覆いながら俯く。

　通りを行き交う人たちに悟られないように、静かに嗚咽を漏らす。

　たった一度、失敗してしまっただけだというのに。あの劣悪な労働環境のせいで、私の錬成師人生はボロボロに崩されてしまった。私の三年間は、いったいなんだったんだ。

　その時——

　涙を隠すために俯いていたせいで、前から歩いてくる人に気付かなかった。

　ドンッ！と激しくぶつかってしまう。

「あっ、すみません！」

「いえ、こっちこそ」

　年若い青年とぶつかったみたいで、私は咄嗟に後ろを向いた。泣いていることを悟られないように顔を隠してみたのだが、どうやら青年には気付かれたらしい。

　彼は、心配してか私に声をかけてきた。

「だ、大丈夫ですか？　もしかして今ので怪我とか……」

「あっ、いえ、そういうわけじゃなくて！」

　青年が申し訳なさそうな声を漏らしているので、私はすぐに誤解を解くべく振り返った。

青年と目が合うと、なぜか彼はハッと息を呑んで目を見開いた。その後、ジッとこちらを見つめながら固まってしまう。

私の顔になにかついているのだろうか？

見つめられる覚えがなく、滲んだ視界で青年の方を見返していると、やがて驚くべき言葉が聞こえてきた。

「もしかして……………ショコラなのか？」

「えっ？」

突然名前を呼ばれて、ドクッと私の心臓が鼓動する。

直後、朧げだった視界がじわっと晴れていき、目の前に中性的な顔立ちの銀髪の青年が映し出された。

中肉中背。年頃は十七、八ほど。くっきりとした碧眼に長いまつ毛を生やし、どこかの騎士団の制服だろうか、すらっとした体躯に薄手のフロックコートのような白い衣装を身に着けている。

パッと見た印象では見覚えのない青年だったが、数秒見つめたのちに電気のような衝撃が走った。

……面影がある。

六年ほど前に故郷のポム村を出ていって、それ以来会っていない幼馴染の面影が。

「クリム、なの……？」

私の辿々しい問いかけに、目の前の銀髪の青年――クリム・シュクレは、気まずそうな顔をして目を逸らした。

この微妙な間と反応は、間違いない。

向こうも私のことを幼馴染のショコラと認識したのか、視線を外したまま問いかけてくる。

「どうして、ショコラがここに？」

「そ、それはこっちの台詞よ。クリムこそどうして王都に……」

六年半ぶりに幼馴染と再会した私は、泣いていたことも忘れて彼をジッと見据えてしまう。

昔よりもだいぶ背が伸びて、声も落ち着いた印象になっているけれど、幼さの残る顔立ちを見て彼だと気付けた。

どうしてクリムが王都フレーズにいるのだろう？　確か行商人のお父さんから商売についての基礎を学ぶために、今は旅路に同行しているはずじゃ……

「――っ！」

私はハッとして顔を覆う。そして急いで目元を擦って涙を拭った。

泣いているところを見られてしまった。よりにもよってクリムに。

するとクリムは、私が目元を擦っているせいでまた泣き始めたと思ったのか、困ったように言葉を詰まらせている。

直後、唐突に私の腕を掴んで引っ張ってくる。

「ちょ、ちょっとなに⁉」

「なにって、そんな顔見られたくないだろ。とりあえず人気のないところに行こう」

そのまま町の通りを少し進んだところで、手頃な裏路地を見つけた。

クリムはそこに私を連れていき、やがて足を止める。

空き家に挟まれた薄暗い小道。人気はないので、私が泣いているところを見られる心配はないけど、それとは別の緊張感が……

その後、クリムは慌てた様子で私の腕を放した。

「ご、ごめん、急に引っ張って」

「それは、別にいいけど……」

私としても往来で泣いている姿を晒すのは嫌だったし。ただ、そのせいでクリムとふたりきりの状況になってしまった。私としてはこの方が望ましくない展開だ。

だって、クリムとは……

「それで、どうしてここにショコラがいるんだ？　ポム村にいたはずじゃ……」

「……別に、なんだっていいでしょ」

素っ気なくあしらうと、クリムはムッとした表情をした後、肩を竦めてぶっきらぼうに言う。

「……そうだね。別になんだっていいことだ。そっちがどこでなにしてようが」

私とクリムの間に険悪な空気が流れる。

それもそのはず、私たちは今、絶賛〝喧嘩中〟なのだ。

およそ六年前にした大喧嘩が、いまだに尾を引いている状況。

私はクリムを許さないし、クリムだって私のことを恨み続けているはず。

昔は、ふたりきりでよく一緒に遊ぶくらい、仲がよかったのに……。

「ていうかそっちこそ、どうして王都にいるのよ？　行商人のお父さんについていって、色々学ぶって言ってたでしょ」

そのために村を離れたはず。

疑問に思って問いかけてみたのだが、クリムに呆れた顔をされてしまった。

「自分のことは話さないのに、僕には質問するんだ」

「うっ……」

「後先考えずに発言するのは相変わらずだね。まあ、別にいいけど」

カッと一気に顔が熱くなる。

なんだか向こうだけ冷静で、こちらが空回ってしまっている感じが恥ずかしい。

確かに自分のことを話さないくせにクリムのことを聞くのはおかしいよね。

「それじゃあ、僕の近況を教えるから、その代わりにそっちのも……」

教えてくれ。とでも言うつもりなのだろう。

それなら平等だけれど、なんだかクリムに主導権を握られているような気がして、悔しさから私は先手を打った。

「私が王都にいるのは、三年前に家を出てここに来たからよ。錬成師になって、アトリエを開くためにね」

「アトリエ……」

クリムは納得したように頷く。

「そういえばチョ……母親の夢を代わりに叶えるって、みんなに言ってたっけ。それで十五歳で家を出たってことか」

「うん。だから私は今ここで、見習い錬成師として修業してるの。で、そっちは？　お父さんの跡を継ぐために、一緒に旅して勉強するんじゃなかったの？」

私のことは教えた。だから今度はこちらが教えてもらう番だ。

「三年前に父さんのもとから離れたんだよ。僕は僕でやりたいことを見つけたから」

「やりたいこと？」

「で、今は王都でその仕事をしてる。父さんも背中を押してくれたし、行商人じゃなくてこっちの道を進むって決めたんだ」

「クリムは今、なにをしてるの……？」

私の記憶では、クリムはとてもお父さんのことを尊敬していた。それで村のみんなにも行商人の跡を継ぐと言って、幼い頃から勉強していたと思うんだけど……

怪訝な目を向けていると、言いづらそうな様子のクリムから、驚くべき事実をつきつけられた。

「宮廷錬成師」

「えっ？」

「だから、錬成師として宮廷に雇われてるんだ」

宮廷、錬成師……？

私は言葉を失くして立ち尽くす。

宮廷に雇われて、王族もしくは王国騎士団からの依頼を受けて活動をしている錬成師のこと。ギルドに所属している錬成師とは違い、ギルドからの束縛を受けずに自由に錬成術での活動ができる。

加えて宮廷内にアトリエを設けてもらえて、販売実数ではなく固定給をもらっているため生活も安定しているらしい。同時に宮廷職は一世代限りの男爵位ともなるそうで、れっきとした貴族のひとりということになる。

クリムが今、その宮廷錬成師？

必然的に多くの疑問が、湧き水のように溢れ出てくる。

「い、今の宮廷錬成師って、確か『シュウ』っていう人ひとりじゃないの？　長年滞ってた王国騎士団の開拓作戦を、規格外の錬成物の数々で成功に導いた立役者だって……」

「それは僕の偽名。行商人の息子としてあちこち旅してきたから、僕のことを知ってる人もいると思って別名義で宮廷錬成師をやらせてもらってるんだ。平民生まれの人間が宮廷に雇われてることをよく思わない人たちも多いから」

確かに妬みや嫉(そね)みの弊害を受けやすいだろう。

だからクリムという平民の名前を隠して、偽名を使っているってことか。

じゃあ騎士の制服のような純白の衣装も、宮廷側から支給されている制服か。

でも、そもそも宮廷錬成師になる道のりは険しかったはず。錬成師として歴史に名を残すほどの多大な成果をあげて、それを国に認められて、そこでようやく宮廷品評会への参加権を得られるとかじゃなかった？

その品評会で直接宮廷側に錬成師としての腕前を披露して、無事に評価されることができたら、ようやく宮廷錬成師になれるって聞いたことがある。

だから歴代でも宮廷錬成師になれた人はひと握りのはずだけど、なんで行商人の息子のクリムが、宮廷錬成師になっているのだろうか？

「どういう経緯で宮廷錬成師なんかになれたのよ？　ギルドで職人として認めてもらうより断然難しいって話なのに。そもそもクリムって、錬成術やってたっけ？」

思わず早口で問いかけると、クリムの肩がビクッと揺れたような気がした。

なぜか彼は気まずそうに目を逸らし、言葉を詰まらせながら答える。

「……じ、実は僕も、昔から趣味で錬成術をやってたんだよ」

「えっ、そうなの？　そんなこと一度も言ってなかったような……」

「言う必要がないと思ってたから言ってなかっただけだ。で、父さんの旅についていってる間も、趣味の錬成術を続けてて、たまに僕が作ったものを父さんが商品に並べてくれることがあったんだ」

クリムは当時を思い出すように、裏路地の小道から空を見上げて続ける。

「それである時、たまたま僕が作ったものが王国騎士団の団長の目に留まってね。それで僕の腕を買ってくれて、宮廷錬成師として王宮に呼ばれることになったんだよ」

「な、なによ、それ……」

そんな恵まれた偶然が本当にあるのだろうか。

趣味でやっていただけの錬成術で王国騎士団の人に実力を認めてもらって、宮廷錬成師として王宮に呼ばれるなんて……

一方の私は、小さい頃から本気で錬成術と向き合ってきたのに、徒弟期間もまともに終えられずに、アトリエを追い出されて……

「まあ、色々と運がよかったってだけだよ。僕自身、まだ身に余る光栄だと思ってるし。王国騎士団のための武具を揃えたり傷薬を作ったり、毎日てんてこまいでさ。ところでそっちは……」

クリムが逸らしていた目をこちらに戻すと、途端に彼は驚いたように目を見開いた。

それもそのはず。私が再び涙を滲ませていたから。

「な、なんでまた泣くんだよ……!? 僕、なにかした？」

「こ、こっち見ないでよ……！」

私は咄嗟に顔を背けて涙を隠す。

クリムに負けて悔しいという気持ちより、自分はいったいなにをしているのだという惨めさで涙が出る。

あんな劣悪な環境のアトリエで三年間を棒に振って、それどころか錬成師としての道も閉ざされそうになっていて。どこで間違えてしまったのだろう。どうするのが正解だったのだろう。

そもそも私は、錬成師に向いていなかったのだろうか。

目の前に宮廷錬成師となった幼馴染が現れて、自分の才能を否定された気持ちになってしまった。

『さっさと失せろ、この能なしが』

加えてババロアの言葉も思い出してしまい、心がぐちゃぐちゃになって涙が止まらない。

どれくらいそうしていただろう。

クリムから顔を背けて、しばらく泣き続けていたが、彼はその間なにも言わずに待っていてくれた。やがて気持ちが落ち着いてくると、それを見計らって彼は気遣うような言葉をかけてくれる。

「……なにか、あったのか？」

私は涙を滲ませたまま目を静かに見開く。

クリムに心配なんてされたくないと思った。

でも、今の私はそのひと言に、すごく救われたような気持ちになった。

ババロアのアトリエを追い出されて、他のどのアトリエからも拒まれるようになって。自分が本当に、誰にも必要とされていない、誰の目にも留まらない存在のように感じていたから。

ここまで惨めな姿を見せた手前、変に隠す理由もない。

私は溜まっていた鬱憤（うっぷん）を晴らすように、クリムにすべてを打ち明けることにした。

劣悪な環境のアトリエにいたこと、そこを無慈悲にも追い出されたこと、そのせいでどのアトリエも雇ってくれなくなってしまったことを。

クリムは、静かに話を聞いてくれた。

時折私が感情的になって、支離滅裂なことを言ってしまっても、なにも言わずに小さく頷いてくれた。

やがてすべてを話し終えた時、私の心はほんの少しだけすっきりとしていた。

誰かに話すだけで、こんなにも心が軽くなるんだ。

涙で濡れた頬を拭いながら、ひと息ついていると、そこでようやくクリムが口を開いた。

「ババロアのアトリエか。僕も名前は聞いたことがあるよ。ここ最近、急激に出品物の質が向上して、成績を伸ばしてる勢いのあるアトリエだ。あそこで素材採取係をやってたんだ」

「近頃好調っていうのは工房長から聞いてたけど、そんなに有名だったんだ……」

「まあ、あそこの品はこの町のアトリエの中じゃ頭ひとつ抜けて上質だし、熱心な愛好家も多いから。けどその裏で工房長が徒弟を虐げてたっていうのはひどい話だ。で、どうしてそんなアトリエに入ったんだよ？　評判とかなにも調べなかったの？」

「ギルドに登録した時、そこしか徒弟枠の空きがなかったんだからしょうがないでしょ。私の場合、田舎の村から出てきたばかりだったから、他の錬成師との繋がりもなかったし」

基本的に徒弟の枠は、他の見習い錬成師との取り合いになる。

そして田舎から出てきたばかりの私は、他の錬成師に比べて断然不利な立場だったのだ。

町で育った人は、少なくともそれなりに錬成師同士で繋がりがあるから、私よりは優遇してもらえるだろうし。そんな中でたったひとつ、入れてくれるというアトリエがあったら、飛びついてしまうのも無理はないじゃないか。次に徒弟枠が空くのがいつになるのかまったくわからなかったし。

「まあ、場合によっては一年や二年待たなきゃいけなくなる可能性もあるらしいからね。それに下調べしたところで実態なんて簡単に掴めないだろうし。で、最悪なアトリエに入ったと」

「……そうよ。本当に最悪なアトリエにね」

徒弟としてこちらを雇ったくせに、ろくに指導もせず素材採取ばかりをやらせてくる劣悪な環境のアトリエ。

あんなところで時間を無駄にしてしまったことが、情けなくて悔しい。

「なにやってたんだろう、私。あんなところでいいようにこき使われて、ろくに錬成術もやらせてもらえないで、三年どころじゃなくて、錬成師人生そのものを棒に振っちゃった」

また瞳の奥が熱くなってきて、残っていた感情が我知らず溢れ出てくる。

「やっぱり私、才能なかったのかな。お母さんみたいなすごい錬成師には、もうなれないのかな……」

私は涙をこらえながら、自嘲気味に言葉を弱々しくこぼしてしまった。

別に、クリムになにかを答えてほしいわけじゃなかった。

ただ感情を曝け出せる相手になってくれればいいと思った。

そのままなにも言わずにいてくれたら、それでいいと思っていたのに……

「じゃあ、僕のアトリエで働いてみないか？」

「えっ？」

クリムは、耳を疑う言葉をかけてきた。

クリムのアトリエで……？

あまりにも唐突だったため、言葉の意味を理解するのに数秒かかってしまった。まさかそんな提案をしてくるなんて、思ってもみなかったから。

あのクリムが、私に対して……

思いがけないことを言われたせいで、なにも返せずに固まっていると、クリムは改めて勧誘の言葉をかけてきた。

「行くとこ、他にないんだろ？　なら僕のアトリエに来て、徒弟として働いてみないか？」

「な、なんで……？　なんで急に、そんなこと……」

ようやく疑問を返すと、クリムは銀髪をかきながら答えてくれる。

「最近やたらと騎士団の方から武器防具や傷薬の錬成を依頼されて、そろそろひとりで回すのがきつくなってきたんだ。だからできれば、仕事の手伝いをしてくれる人がいればいいと思ってたんだよ。ショコラは素材採取係として働いてたみたいだし、ちょうどいいと思って」

取ってつけたような理由ではなく、クリムの顔を見るに本当に厳しい状況のようだ。

でも、私が聞きたいのはそんなことではない。

アトリエに誘ってきた理由ではなく、私が本当に聞きたいのは……

「もちろん無理な仕事量を押しつけたりはしないし、錬成術の修業の時間だって設ける。わからないことがあったら僕が教えるし、給金だってそこそこ払えると思うよ。だから、まあ、その……お互いに利点が多いと思ったから、こうして誘ってみたっていうか」

私はかぶりを振りながら、掠れた声を絞り出した。

「そうじゃ、ないよ……」

「えっ？」

「なんで私に、〝優しくするの？〟って聞いてるの」

クリムの碧眼がわずかに見開かれる。

私としても直接的すぎる問いかけかと思ったけれど、聞かずにはいられなかった。

「私のこと、嫌いなんじゃないの？　憎いんじゃないの？　なのになんで、私に優しくしようとするの……？」

脳裏に幼き日の光景が蘇る。

お母さんのお墓の前で、クリムと大喧嘩した時の光景が。

あの時私は、クリムが私のことを心底嫌っていると確信した。

昔、私とクリムはよくふたりきりで一緒に遊んでいた。

特別な理由はなく、家が近所で同い年の子だったから、遊び相手にちょうどよかったのだ。

しかし六歳くらいになると、次第にクリムは他の男の子たちに遊びに誘われるようになった。

それでも彼は、私がひとりぼっちになることを危惧してか、私との遊びを優先してくれた。

それがとても嬉しくて、もしかしたら私はあの時クリムのことを異性として意識し出していたのかもしれない。

けれど、八歳になったある日のこと。

クリムとふたりで遊んでいる時に、村の男の子たちに囲まれたことがあった。

そのくらいの年齢の子たちは、異性と遊ぶことを毛嫌いする傾向があり、加えてクリムは彼らからの誘いを何度も断っていたため執拗に揶揄われてしまった。

『お前そいつのことが好きなんだろ』

『だから俺たちよりもそいつを優先してたんだろ？』

この時の私は、いい意味でドキドキしながら話を聞いていた。こんな状況ながらも、クリムがいったいどう答えてくれるのか、すごく気になったから。

だからこそ、その後にクリムが放ったひと言が、今でも脳裏によぎることがある。

『好きなわけないだろ、こんな奴』

揶揄ってくる子たちを追い払うための方便。そうだとは思った。

しかし私はそのひと言に、かなりのショックを受けてしまった。

その後、それでも村の子たちがしつこく揶揄ってきたので、クリムはとうとう手を出した。

それからクリムは、村の子たちに遊びに誘われることがなくなった。

一方で私も、クリムが他の子たちと遊べるようになればいいと思って、こちらから遊びに誘うのをやめた。私と一緒にいると、またクリムが揶揄われてしまうかもしれないと思ったから。

なによりあの時の言葉が、私の心に重く響いているせいでもある。

そしてクリムの方からも誘ってくることがなくなったため、私たちはそれきり疎遠になってしまった。

でも、仲違(たが)いはこれだけで終わらなかった。

本当の大喧嘩をしたのはこの後のこと。

それから三年半後、病気に罹ったお母さんが死んでしまった。

私はすごく悲しくて、毎日お墓参りに行った。集めると死者の魂を呼び寄せると言われている『夜光花(やこうばな)』を森まで摘みに行って、それをお供えした。

そんな日々を繰り返していたある日、クリムが唐突に私の前に現れた。

『そんなことしたって無駄だよ』

『無駄……？』

『ショコラの母親はもう死んだんだ。そんなことしたって死んだ人間は戻ってくることはないんだよ』

なんて心ない言葉なんだろうと思った。

そんなことわかっていたけど、少しでもお母さんのことを忘れたくないからお墓参りに行っていたのに。

『あんたには関係ないでしょ。関係ない奴が、勝手に割り込んでこないでよ』

そう返すと、クリムは血相を変えて私の腕に掴みかかってきた。

そのまま私の手元から夜光花を取り上げて、信じられないことに目の前で踏み潰したのだ。

『無意味なことをやめろって言ってるんだ！　見てるこっちが苛つくんだよ！』

どうしてクリムがいきなり、とても怒った様子で、こんな心ないことを言ってきたのかはわからない。

しかし彼のその言動で、私はお母さんへの想いを否定された気持ちになってしまった。

きっと私のせいで村に友達がいなくなったから、クリムは私を恨んでこんなことを言ってきたのだと思った。恨まれているんじゃないかという自覚はあった。

でもだからって、お母さんへの想いを一方的に否定してくるなんて、どうしても許せなかった。

『あんたなんかになにがわかんのよ！　お母さんのこと、なんにも知らないくせに！』

そうして私たちは完全に縁を切った。

だから不思議に思った。どうして今さら私に優しくするのか。私のことをあれだけ嫌っていて、優しくする理由なんてないはずなのに。わざわざアトリエに誘うなんて、しないはずなのに。

クリムは私からの問いかけに、若干言葉に詰まりながらも答えてくる。

「別に、優しくしようと思って誘ってるわけじゃない。仕事量に頭を抱えてるっていうのは本当の話だ。だから好き嫌いの問題じゃなくて……」

次いで彼は不機嫌そうな顔をして、肩を竦める。

「ていうかそっちこそ、僕のことなんて顔も見たくないくらい嫌ってるだろ。そんなのはお互い様だ」

「別に、顔も見たくないほどってわけじゃないけど……」

「だからまあ、僕のアトリエなんかじゃ働きたくもないだろうって思ったけど、こっちは心底手伝いが欲しい状況だから、一応聞いてみた。それだけの話だよ」

それならわざわざ私を選ばなくてもいい気がするけど。錬成術の手伝いなら他の見習いたちでも充分にできるだろうし。むしろ徒弟を破門された私より断然信頼できると思う。

それなのにわざわざ嫌いな私を誘うのはどうしてなんだろうか？

「で、どうする？　僕のところに来るのか、来ないのか。別に僕はどっちでもいいけど」

ぶっきらぼうに今一度問いかけられた私は、薄暗い裏路地の地面に目を落としながら考え込む。

確かにクリムのことはまだ嫌いだ。

およそ六年前の出来事とはいえ、あの喧嘩はそう簡単に許せるようなことではないから。

でも、感情的な問題を差し引いても、この誘いは見習い錬成師の私にとって絶好の機会である。ただでさえ今、破門されたという噂がギルドで広がって、どこのアトリエも雇ってくれなくなってしまっているし。この機会を逃したら、多分もう一生、アトリエを開くという夢は叶わなくなってしまいそうな気がする。

私はお母さんの夢を代わりに叶えて、お母さんがすごい錬成師だったっていうことをみんなに伝えたいんだ。

改めて強い意志を胸に抱き、私はクリムの方を見て小さく答えた。

「…………行く」

「……そ。それならさっそく宮廷に行こう。国王や王国騎士団の人たちに色々説明しなきゃいけないから」

そう言うや否や、クリムは元来た道を戻るようにしてそそくさと歩き始めた。

私は慌ててその後を追いかける。

あまりにも淡々とクリムが話を進めてしまうので、思わず私は彼の背中に問いかけた。

「で、でも、本当に私でいいの？　私、徒弟を破門されるような錬成師なのに……。クリムの足を引っ張るかもよ」

「特別難しいこと頼むわけじゃないから安心しなよ。とりあえずは簡単な素材採取だけやってもらうつもりだから。それに邪魔だと思ったらすぐに追い出すし」

「邪魔って……」

いやまあ確かに、雇い主のクリムにはその権限がある。

気に入らなければ追い出すこともできるし、私は雇ってもらう身だからなにも言うことができない。逆にそういう緊張感がある方が、こちらとしてはありがたいけれど。昔馴染みだからと変に気を遣ってもらうより、ひとりの見習い錬成師として扱ってもらいたいから。

同情なんかで一人前になれたとしても、お母さんに顔向けできない。

改めて緊張感を抱きながらクリムの後をついていくと、やがて明るい大通りが見えてきた。

そして裏路地から出る直前、私はハッとしてクリムの袖を掴んで止める。

「あっ、その……！」

「んっ？」

「いや、なんていうか、その…………」

そういえば〝これ〟を言うのを忘れていた。

嫌いな相手にこんなことを言うのは、かなり癪（しゃく）というかためらわれるのだけど。どうしようもない状況を助けてくれたのは事実なので、さすがにこれだけは伝えておかないとまずいよね。

「…………あ、ありがと」

「……ん」

顔が熱くなるのを自覚しながら、私はクリムの後に続いて宮廷へと向かった。

第二章　宮廷錬成師の幼馴染に拾われました

私たちはふたりで王都の大通りを歩いている。

その道中、チラリと彼の横顔を見て考えていた。

やっぱり昔に比べて、随分と大きくなっている気がする。

十八歳の男性にしては華奢な方なんだと思うけど、小さい頃から見ている私としてはすごく大きくなったように感じるな。むしろ昔は私の方が若干背が高かった気がするし。

そんな私は身長があまり伸びず、今ではおチビさんの部類で、クリムとはだいぶ目線が変わってしまった。

「僕の顔になにかついてるのか？」

「……別に」

凝視していたことを悟られ、気まずい思いで目を逸らす。

昔はこんなに険悪な感じじゃなかったんだけどなぁ。

ていうか今さら気付いたんだけど、もしこれからアトリエで一緒に働かせてもらうってなったら、こういう気まずい空気感で過ごさなきゃいけないってことだよね？

それはなんか嫌だな。かといってすぐに仲直りしろと言われてもできるものでもないし。

その対策は追い追い考えるとして、私はとりあえず気になっていることをクリムに尋ねた。

「そういえば宮廷錬成師のアトリエで修業しても、徒弟期間を終えたってちゃんと認めてもらえるのかな？」

「どういうこと？」

「だってさ、宮廷錬成師とか宮廷画家って、ギルドに所属しないで宮廷専属の職人になってるんじゃないの？　だからギルドからの束縛を受けたりせずに、自由に活動できるって聞いたことがあるよ」

クリムのアトリエで雇ってもらって錬成師として修業をしたとしても、結局はギルドに腕を認めてもらうことはできないと思うんだけど。その辺りはいったいどうなっているんだろうか？

「修業先が宮廷錬成師のアトリエでも、品評会への出品は許されるようになるそうだよ」

「えっ、そうなの？」

「僕も宮廷錬成師になってしばらくしてから知ったことだけどね。それに修業期間は五年じゃなくて三年でいいらしい。それだけ宮廷錬成師っていう肩書きが強いんだろうね」

驚きのあまり開いた口が塞がらない。

……三年。本来は五年かかるはずの徒弟修業が、たった三年で済むなんて破格の条件だ。品評会への出品が許されるようになるということ以上に衝撃が強かった。

「基本的に宮廷錬成師の弟子になろうなんて人はいないから、このことを知らない錬成師も多いって話だよ。だから今まで徒弟入りを志願してきた人はいない。単に萎縮して志願してこなかっただけかもしれないけど」

「……私もそんなの全然知らなかった」

でもまあ、とりあえず徒弟期間として認めてもらえるみたいでよかった。どこのアトリエも雇ってくれなくなって、かなり絶望的な状況に陥ってしまったけれど、なんとか首の皮一枚繋がった。

ただそれも、クリムのアトリエでへまをやらかさなければの話だけど。

一応、徒弟期間中に特別な功績を挙げた場合も、職人としての腕を認められて品評会への出品が可能になるとは聞いたことがある。

そうすれば何年も修業しなくてもよくなるけど、こっちはほとんど望み薄だからね。

変な期待はせず、三年間修業をやり遂げることを第一に考えよう。

「さっ、着いたよ」

クリムの案内で宮廷へと辿り着いた。

もう三年もこの町で過ごしてきたけれど、ここまで宮廷の近くに来たことはなかったなぁ。

白を基調とした三階建ての大きな居館が城内の中心にあり、背の高い塔が隣接して建っている。その近くには、裕福な領主が住んでいる館と同じくらいの大きさの別棟も見えて、それらが城壁に囲まれている。

　黒いフロックコートのような制服に身を包み、腰に直剣を携えている騎士たちが門を出入りしていて、その光景にかなりの威圧感と近寄りがたさを感じた。

　そんな場所に、クリムはずかずかと近付いていく。

　仕方なく私もビクビクしながらその後に続くと、門の近くでクリムに止められた。

「宮廷内にアトリエがあるからそこに案内したいんだけど、まずは国王にショコラのこと話してくる。ちょっとここで待ってて」

「えっ、ちょ……！」

　そう言うや否や、クリムは足早に城内へと入っていった。

　たったひとり、城門の前で待つように言われた私は、心細い気持ちで身を小さくする。こんな場所に置き去りにしてほしくなかった。門番の人たちから怪訝な視線を向けられ、横を通り過ぎていく騎士たちから物珍しげに見つめられる。

　正直騎士ってあんまり得意じゃないんだよね。見られているだけで、こちらがなにか悪いことでもしているのではないかという気になってしまうから。

　早くクリム帰ってこーい、と念じながら十分ほど待っていると、不意に後ろから……

「もしもーし、おチビさーん？」

　聞き覚えのない男性の声が聞こえてきた。

明らかに私に向けられた声に、びっくりしながら振り返る。

するとそこには、黒いフロックコート調の騎士団の制服を着た、癖のある紺色の髪の男性が立っていた。歳のほどは二十代後半くらいだろうか。かなりの長身で、どことなく眠そうに紺色の目を細めている。

「……な、なん、でしょうか？」

「いやいや、ここらであんま見ない子だなぁって思ってさ。城になにか用があるのか？」

突然なにかと思ったけれど、私が城門近くにいたから声をかけてきたのか。騎士として不審者を城に入れないために、見覚えのない人物が付近にいたら声をかけるようにしているようだ。寝起きのように欠伸を噛み殺しているけれど、彼から異様な迫力を感じて口籠ってしまう。

「……別に、怪しい者ではないといいますか……ただここで人を待っているだけっていうか……」

ひと言で説明するのはなんとも難しい。

そのため変に言い淀んでしまい、ますます怪訝な目を向けられる。

「怪しい者ではないって、ますます怪しく見えてきちゃうなーそれ。なんとなーくで声かけてみたけど、まさか本当に黒だったのか？　面倒なことは勘弁してほしいんだけどなぁ」

「いや、違いま……！」

「とりあえずまあ、ちょっとこっちで取り調べさせてもらってもいいかな？　白だったらすぐに解放してあげるからさ」

男性騎士はそう言いながら私の腕を取ろうとする。

ここから離れるわけにはいかないのに。

苦手な騎士に連れていかれそうになって、思わず身を強張らせていると……

横から伸びてきた腕が、ガシッ！とその男性の腕を止めた。

「ちょっと待ってください」

「ク、クリム……？」

横には、幼馴染の姿があった。

クリムは呆気に取られる私を見て、腕を掴んでいる騎士の手をどけて、庇うように前に立った。彼の背中に妙な安心感を覚えていると、男性騎士がクリムを見てわずかに目を丸くした。

「あれっ、クリム君じゃん？　なに、もしかしてこの子、お知り合いだった？」

「はい、お騒がせしてしまって申し訳ございません」

なにやら慣れた様子のやり取り。ふたりの方こそ知り合いだったのだろうか？

「クリム、この人は……？」

「王国騎士団、近衛師団の師団長……ムース・ブルエさんだ」

「師団長？」

私は改めて、クリムの背中越しに男性騎士を見据える。

近衛師団の師団長のムースさんは、紺色の癖っ毛を気怠げにかきながら欠伸を噛み殺している。

確か近衛師団って、四つある師団の中で、最も実力を認められた集団じゃなかったっけ？

未開拓地の魔物を倒して国の領土を広げる開拓師団。

開拓済みの領地を定期巡回したり、魔物の発見の報告を受け駆除へ駆けつけたりする討伐師団。

町の中の治安維持活動に従事している守衛師団。

そして王都に常駐し、王家の人間を守ったり、他の師団の手助けを臨機応変に行ったりする近衛師団。

国王を直接護衛する騎士ということで、近衛師団には特に実力を認められた騎士たちが集められている。

で、目の前にいる眠そうにしているこの騎士が、近衛師団を指揮する師団長さん？

まるでそんな風には……

「そうは見えない、とでも思ってるのかなぁ？」

「い、いや、そんなことは……！」

「ははっ、冗談冗談。それによく言われるから気にしてないよ。俺もなんでこんな面倒くさがりな自分が師団長に選ばれているのかよくわかってないし」

あははと、こちらの気が抜けてしまいそうな声で笑っている。

本当になんなのだろう、この人。話せば話すほど騎士らしい印象が薄れていくんだけど。

「ていうか、怖がらせちゃってごめんね。まさか客人だとは思わなくてさ。しかもそれがクリム君のとはね。滅多に客人なんて呼ばないのに」

次いでムースさんは、改まった様子でクリムに問いかけた。

「で、どうしてこの子をここに連れてきたのかな？　あっ、もしかしてふたりは恋仲だったり……」

「まったくもって違います。彼女は見習い錬成師のショコラで、アトリエの手伝いをしてもらおうと思って呼んだだけですよ」

恋仲と疑われたことに憤りでも感じたのだろうか、クリムはやや前のめりになって早口で返していた。

見ると微かに耳まで赤くなっている気がする。そんなに私と恋仲と思われるのが嫌ですか。まあそれもそっか。

「手伝い？　あぁ、そっか、色々と忙しいって言ってたからね。最近は特に開拓師団が、魔物領域で厄介な魔物の巣を見つけたっていう話だから、そのための武器と薬が大量に必要らしい。で、ショコラちゃんがその手伝いを……」

再びムースさんから視線を向けられて、私は思わず小さくなってしまう。

そんなことをしていると、クリムがこちらを振り向いた。

「ってわけで、さっそく僕の手伝いをしてもらおうって思ったんだけど、さすがに僕の独断で宮廷内のアトリエに入れることはできなくてさ。ショコラには最低限の試験を受けてもらうことになった」

「えっ？」

……試験？

「ちゃんと宮廷錬成師の手伝いができるかどうか判断するための試験だよ」

「もし、その試験に落ちたら……？」

「それはまあ当然、僕のアトリエで雇うって話はなしになるかな。僕の手伝いもまともにできない見習い錬成師はただの一般人と変わりないし、宮廷に入れるわけにはいかないだろ」

「……まあ、確かに」

宮廷側からしてみれば、私はまだなんの実績もない一般人と同じだし。少なくともクリムの手伝いができるということを証明しなければ入れてもらえないというのは至極当然だ。

それには納得できたけれど、急に試験だと言われてさすがに身構えてしまう。

「心配しなくてもいいよ。あくまで最低限の素材採取能力と錬成技術があるかどうか確かめるために、簡単な素材採取と傷薬の錬成をやってもらうだけだから」

そう言いながらクリムは一枚の紙をこちらに手渡してくる。

「少し量は多いかもしれないけど、ここに書いてある素材を集めてきて、指定の数の傷薬を錬成してほしい。一応魔物素材も含まれてるけど、討伐難易度は低めのやつだからまあ大丈夫でしょ」

「うん、わかっ……」

私は紙に目を落としながら同意を示そうとしたが、そこに書かれている内容を見てつい言葉を止めてしまった。

「えっ、これだけでいいの？」

「はっ？」

クリムの目がきょとんと丸くなる。同じく私も目を見開いて固まってしまう。

宮廷錬成師の手伝いになるための試験って言うくらいだから、かなりの量の素材を持ち帰ってきて、大量の傷薬を錬成しなきゃいけないと思ったんだけど。

試験に指定された傷薬は『清涼の粘液』と呼ばれる、溶液（スライム）の粘液を素材にした初歩的な傷薬で、錬成する数はたったの三つだけだった。

「これだけって、ここに書いてあるだけでもそれなりの量だと思うけど」

「えっ？　そ、そうなんだ……」

私の認識がおかしいのだろうか。

現在時刻は十四時ちょっと。

ここに書いてある素材は王都の西にある森――『ブールの森』ですべて手に入れることができる。

王都からほど近い距離にあり、素材の採取難易度と量から察するに今から集めに行っても日没前に帰ってこられると思う。

本当にこれだけで合格だと認めてもらえるのだろうか？

私にとって素材採取は、朝早くに王都を出て戻ってくるまでに日付が変わらなかったら上出来というくらいの、超過酷な重労働だったから。

「一日で集め切れないと思ったら、無理に採取を続ける必要もないから。日を跨いでも問題ないし、安全第一で採取に行ってきてほしい。僕はここで試験官役の騎士と一緒に待ってるから」

「うん、わかった」

ババロアのアトリエとの温度差に戸惑いを禁じ得ない。

ここまで心配されて素材採取に行かされるのは初めてで、私は多大な違和感を抱きながら森に向かって走り出した。

＊＊＊

ショコラを見送った後。

クリムはその背中が見えなくなるまで見届けてから、城門の方に歩いていった。

そして城壁に背中を預けて、ショコラを待つことにする。

その時、我知らず安堵の息を吐いていることに気が付き、クリムは自分自身に呆れた。

幼馴染との突然の再会に、知らず知らずのうちに緊張していたらしい。

ひとりになったことで緊張の糸が解けて、強張っていた表情も柔らかくなっていく。

(昔はこんな関係じゃなかったんだけどな)

クリムは後悔と罪悪感を滲ませながら、ふと昔のことを思い出す。

『クリム、今日はお母さんが作ってくれたお菓子を持ってきたから、広場で一緒に食べよう』

今は険悪な関係だが、昔はよくふたりきりで一緒に遊んでいた。

初めは家が近くて、年齢が一緒で、親同士の仲がよかったから一緒にいさせられただけだったけど、共に過ごす時間が心地よいと気付いてから、クリムは自発的にショコラと遊ぶようになった。

親友と呼んでも差し支えのない間柄で、この関係が続いていくのだと、あの時は信じて疑っていなかったのに。

(僕はどこで間違えてしまったんだろう。どうするのが正解だったんだ)

ひとりで思いふけっていると、いつの間にか近衛師団の師団長ムース・ブルエが隣にいて、同じく城壁に背を預けていた。

ニヤつきながらクリムの様子を窺っている。

クリムは彼がなにを言いたいのか容易に想像ができた。

「で、おふたりはどういう関係なのかなぁ?」

「別に、ただの幼馴染ってだけですよ。ムースさんが求めてるようなおもしろい間柄じゃありません」

「へぇ～……」

いまだにニヤついた笑みは消えず、意味深な視線を送ってくる。

クリムはさすがに先ほどの反応は露骨すぎたかと内心で反省した。

案の定、ムースにつつかれてしまう。

「俺のことを止めた時、ただ幼馴染を守っただけって感じしなかったけどなぁ……?　それに今まで手伝いを取らなかったクリム君が、突然連れてきたとなったら勘繰りたくもなるってもんでしょ」

「本当になんでもないんですって。ていうかむしろ、仲がいいどころかお互いに嫌ってるくらいですから」

「嫌い?」

クリムはこくりとムースに頷きを返す。

昔は確かに仲がよかったかもしれない。

しかしあの日を境にショコラとは疎遠になり、完全に縁を切ることになったのだ。

「……なにがあったのかは、聞いてもいいのかな？」

「聞いてもつまんないと思いますよ」

「そんなことはないさ。少なくとも俺が退屈を忘れるくらいの話にはなると思うけどね」

「……仕事に戻ってくださいよ」

これで近衛師団の師団長だというのだから驚きだ。半ば呆れてムースのことを見ていると、彼が手で促してきたのでクリムは仕方なく話し始めた。

「長くなるので簡単に言いますけど、昔あいつと大喧嘩して、今も仲違いしたままってだけの話です。僕はあいつにムカついてるし、あいつも僕のやったことを今でも許してない。だからお互いに嫌ってる状態なんですよ」

「嫌ってる、ねぇ……」

ムースは白い頬に浮かべた笑みを静かに深めて、こちらに意味ありげな視線を向けてきた。

「少なくとも俺には、どっちもそんなこと思ってないように見えたけどなぁ。特にクリム君の方は」

ドクッと微かに心臓が鼓動して、クリムは驚いた表情を隠すように目を逸らす。

その動揺で確信を与えてしまったのか、ムースは続けて問いかけてきた。

「本当はあの子と仲直りしたいって思ってるんじゃないの？　それかもしくは、罪悪感があって謝りたいとか……」

……変なところで鋭い人だ。

確かに罪悪感はある。その気持ちがわずかにでもあったから、ショコラをアトリエに誘ったのかもしれない。しかし許せないという気持ちがあるのもまた事実。

だからなにも答えずにいると、ムースはなぜか満足そうな顔をして城壁から背を離した。

「とりあえず、クリム君のアトリエに遊びに行くの、これからは控えるようにしとくから」

「……余計なお世話ですよ」

手をひらひらと振りながら去っていくムースを見送りながら、クリムは人知れずため息をついた。

＊＊＊

宮廷錬成師の手伝いになるために錬成試験を受けることになり、私はブールの森までやってきた。

指定された錬成物は『清涼の粘液』。溶液（スライム）の粘液を素材にした傷薬だ。

その素材は三種類。

摂取すれば寿命が延びると言われているほど栄養たっぷりな薬草――『長寿草（ちょうじゅそう）』。

逆さ笠に雨水を溜めて特殊なひだと管を通じて柄に綺麗な水を送るきのこ――『雨漏茸』。

そして低級種の魔物である溶液を討伐することで得られる素材――『溶液の粘液』。

それぞれ素材の数は、長寿草と雨漏茸が九本、溶液の粘液が三体分。

傷薬を三つ作るのにぴったりの数となっている。

「本当にこれだけでいいのかな……？」

いつもはこれとは比べものにならないほどの素材を採りに行かされていたから、違和感がすごい。

どの素材もこのブールの森で簡単に採取できるし、かなり早く採取試験を終わらせられそうだ。まあ、渡された紙にもそう書いてあるし、指定されたものだけ採ってさっさと帰ることにしよう。

そう思いながら溶液の探索を続けていると……

「あっ、また長寿草」

いつの間にか長寿草と雨漏茸が目標数に到達していた。

あとは溶液の粘液だけで素材採取が終わる。

森まで素材採取に来て、こんなに疲れないまま帰ってしまっていいのだろうか。

今まで過酷な環境に置かれていたせいで、そんな罪悪感すら湧いてくる。

「あっ、甘露草もあるじゃん。これ、お菓子のいい材料になるんだよねぇ」

時間に余裕があるため、つい関係のないものまで拾って素材採取を楽しんでしまう。

素材採取を楽しいと感じるなんていったいいつぶりだろうか。

そういえば大好きなお菓子作りもあのアトリエに入ってからまったくできていなかったなぁ。

お母さんはお菓子作りが得意だったため、私は根っからのお菓子好き。幼い頃はすぐにぐずってしまう子だったらしく、そのたびにお母さんがお菓子を作ってくれたものだ。

錬成術で作れるお菓子もあって、お母さんに教えてもらったことがあるから、暇を見つけたら作ろうと思っていたんだけど……

あのアトリエではそんな余裕もなかったなぁ。

まあ、今はこうしてババロアのアトリエからも解放されて時間にも余裕があるし、お菓子の錬成もぼちぼち練習していくことにしよう。

私はいつか、お母さんに語った『食べても減らないケーキ』とか『無限にお菓子を取り出せる袋』を錬成するのが夢なんだ。

「キュルル」

そんな子供じみたことを考えていると、傍らの茂みから、かわいらしい鳴き声をあげながらなにかが這い出てきた。

半液体状の薄緑色の生き物。

触れている草木をじわじわと溶かしながら近付いてくるそいつこそ、討伐対象の魔物の溶液である。

見ると茂みの中からは他に二体の溶液が出てきており、すべて倒せば目標数の三体分に届く。

例に漏れず奴らは人間である私を襲うべく近付いてきた。

魔物は邪神が魔界から送り込んでいる人類の天敵だと言われていて、宿している魔力を使って種族ごとの超常的な能力を行使してくる。

溶液の場合は、体から射出される厄介な溶解液をまともに食らったらひとたまりもない。

「キュルッ！」

私を射程に捉えた溶液は、甲高い鳴き声を響かせながら、体をもごもごと動かして玉のような溶解液を吐き出した。立て続けに他の二体も液玉を飛ばしてくる。

私はそれを危なげなく回避して、奴らに向けて右手を構えた。

「【鋭利な旋風――反逆の魂を――すべて切り裂け】――【風刃】！」

瞬間、右手の平に魔法陣が展開されて、そこから凄まじい旋風が吹き荒れた。

風属性魔法――『風刃』。

その風は溶液の一体だけでなく、近くにいたもう二体をも一斉に巻き込んだ。溶液の体が引き裂かれる音がいくつも重なり、辺りに半液体状の欠片が飛び散る。

やがてそれが終わると、溶液たちの姿はもうなく、地面にはわずかな粘液のみが残されていた。

魔物討伐を何度もやらされていたから、もう随分と魔力も上昇したものだ。魔力量は魔物を討伐することで増えていくので、今ではこの森にいる魔物なら一撃で倒せる。

一説によると、天界から下界を見守っている神様が、魔物討伐の功績を祝して魔力量を増やしてくれているらしい。

ただ、最近は魔力が上がりすぎたせいで、せっかくの魔物素材もまとめて吹き飛ばしてしまうことがあるけど。

「魔法についてももう少し勉強したいなぁ」

私は落ちている粘液を丁寧に瓶に移しながらそう呟く。

魔力を消費して扱うことができる超常的な現象――『魔法』。

定められた式句を詠唱することで発動が可能になっている。

だからもっと色んな式句を覚えて、採取に役立つような魔法をたくさん習得したいものだ。

これも一説だが、式句詠唱で神様に語りかけて、魔力と引き換えに超常的な現象を引き起こしてもらっているとされている。

「よしっ、これで採取終ーわり」

三体分の溶液(スライム)の粘液を瓶に入れ終えた私は、それをリュックに仕舞って森の出口に向かい始めた。

魔物を倒すと、体の一部だけを残して消滅する。

またまた一説だけど、魔物の死骸を人間に利用されないように、死んだ魔物の体を邪神が回収していると言われている。そして人間の味方である神様が、有益になる素材をわずかでも残すために、魔物をその場に留めようとしてくれているみたいだ。

その結果、体の一部だけが現世に残されるらしい。

もちろんどこまでが本当かはわからないけど。

ただそのおかげで、魔物討伐後は面倒な死骸の処理をしなくて済み、私たち素材採取者は大いに助かっている。

「本当にもう、帰っちゃっていいのかな……？」

早々と素材採取を終えてしまったので、やはりなんだか妙な罪悪感を覚える。

いや、多分、今までが少しおかしかったのだ。これの十倍近くの素材を、たったひとりで集めに行かされて、夜遅くに戻ればなにかしらの文句を言われる。あれが普通だと思ってはいけない。

私はもう、ブラックなアトリエから解放されたのだ。

まったく体が疲れていないことに、やはり多大な違和感を覚えながら、私は幼馴染の待つ王都に向けて走り出した。

素材採取を終えて宮廷の方に戻ると、そこにはクリムともうひとり別の人物がいた。

緑色の短髪の中年くらいの騎士。

試験官役の騎士とはあの人のことだろうか。

そう思いながら城門に近付いていくと、私に気付いたクリムと目が合った。

彼はなんだか驚いたように目を見張っている。

「もう集め終わったの？」

「えっ？　うん、まあ……」

頷きを返すと、それを見た中年騎士がさっそく採取品の確認をする。

開いたリュックを覗き込み、素材ひとつひとつを丁寧に見ていく。

やがてすべての確認を終えると、少し意外そうな顔をクリムの方に向けた。

「た、確かに指定の品が揃っております。長寿草が九本、雨漏茸が九本、溶液の粘液が三体分」

「随分と早かったね。もう少し時間がかかると思ったけど……」

一応、早めに戻れるように『身体強化魔法』を使って森を行き来したからね。

そのおかげもあって、ふたりの予想よりもだいぶ早く戻ってこられたのだと思う。

するとそれが災いして、クリムからあらぬ疑いをかけられた。

「もしかしてこれ、そこらの露店で全部仕入れたんじゃ……」

「私をなんだと思ってんのよ……。そんなことするわけないでしょ。ていうか宮廷錬成師様なら、素材の鮮度でそれくらいわかるでしょ」

長寿草や雨漏茸はともかく、溶液の粘液は瓶詰めしても鮮度がどんどん落ちていくものだから。

露店で揃えたのだったら、とてもこのような鮮度ではないことはひと目見ればわかるはず。

ということを冷静になって理解したのか、クリムはようやく納得したように頷き、試験官役の騎士も同意を示した。

「素材採取の方はこちらで合格となります。次は集めてきた素材を使い、傷薬を錬成していただきます。さっそくこの場でやってもらえますか？」

「は、はい」

これればかりはさすがに緊張してしまう。

素材採取は嫌というほどやらされてきたので慣れっこだけど、錬成術をやるのは随分と久々だから。

（うまく、できるかな……？）

ババロアのアトリエでは錬成術を一切やらせてもらえず、最後にまともに錬成術を使ったのは三年前だ。

小さい頃はお母さんに錬成術を教えてもらっていて、病気でいなくなった後はひとりで修業を続けていたけど、村を出てから今日まで錬成術に触れられる機会は一度として訪れなかった。

その上私には特筆するような才能はなく、昔はよくうまくできずにお母さんの前でぐずっていた。

『もうこんなのできっこないよ！　錬成術つまんない！』

果たしてそんな私が、三年もの空白期間を経てまともに錬成術が使えるだろうか。

絶対に失敗できないという状況に、不安が募って手が震えてくる。同時に脳裏にババロアのアトリエを追い出された時のことがよぎり、じわりと脂汗が滲んできた。

もう二度と、あんな思いは味わいたくない……

『錬成術は自分のためじゃなくて、誰かのためを思って起こす奇跡なの』

その時、不意にお母さんの声が頭の中に響いた。

私が錬成術を失敗するたびに、優しい声音で決まって聞かせてくれた言葉。

錬成術は人を幸せにするためのものだから、道具を使う人のことを思い浮かべれば自然とうまくいく。

私はその言葉に何度も救われて、できなかった錬成をいくつも成功させてきた。

そしていつもお母さんは、なんてことはない簡単な錬成も目いっぱい褒めてくれて錬成術が楽しいものだって教えてくれた。

『すごいじゃない、ショコラ！　さすがは私の娘ね！　いつかふたりでアトリエに立って、たくさんの人たちを笑顔にできたらいいね』

私に才能はないかもしれない。三年の空白期間によって腕は衰えているかもしれない。

でも、お母さんに教えてもらった錬成術が好きって気持ちは、微塵も失っていないんだ。

自信を持って……！

試験官に傷薬の錬成を見てもらうために、近くにあったベンチに腰かけて、空いているスペースに布を敷く。

その上に束にした長寿草三本と、雨漏茸三本、さらには溶液の粘液一体分を手早く置いた。

この傷薬の錬成だったら、小さい頃にお母さんに教えてもらった。

基本的に溶液の粘液は塗り薬の錬成素材として使われる。

そのままでも傷の治療に使うことができるほど高い治癒効果を備えている素材だが、相応の副作用もある。そのまま使った場合は特殊な粘着成分が原因で、肌に強い刺激を与えてしまうのだ。体質いかんによって、激しい炎症を起こして、むしろ治療前よりもひどい状態になる可能性が高い。

ゆえに治癒効果をそのままに、人体に影響を及ぼす成分を他の素材との錬成で取り除く必要があるのだ。それに最適だとされている素材が長寿草と雨漏茸である。

「【調和の光――不揃いな異なる存在を――我が前でひとつにせよ】――【錬成】」

私は錬成用の魔法を使って、三つの素材の調合に取りかかった。

敷いた布の下に紫色の魔法陣が展開されて、同時に三つの素材も光を放つ。

浮かび上がった魔法陣の中にあるものが錬成対象となり、錬成師の想像力によってできあがりの品質が格段に変わる。

だから私は集中し、三つの素材がうまく調和するように想像力を働かせた。

（長寿草の豊富な栄養素が、粘液に含まれている害悪な成分を消し去る。雨漏茸に蓄えられた澄み切った水が、伸ばし用の水となって傷薬をまとめ上げてくれる）

やがて光が収まると、布の上には粘液が入っていた瓶のみが残されていた。しかし中に入っているのは濁った粘液ではなく、透き通るような緑色をした綺麗な塗り薬だった。

「……できた」

溶液の粘液を素材にした初歩的な傷薬――『清涼の粘液』。

久々の錬成だったけど、失敗せずにうまくできた。

その嬉しさがじわじわと込み上げてきて、私は思わず顔を綻ばせる。

やっぱり錬成術は楽しい。

お母さんが目の前で見せてくれた〝優しい奇跡〟。これに何度笑顔にしてもらったかわからない。私は錬成術で、お母さんと同じように誰かを笑顔にしてあげたいと思ったんだ。

だからいつか、絶対に自分のアトリエを開きたい。

「特に問題はなさそうですね。きちんと指定の傷薬が調合できております」

試験官の中年騎士が合格を出してくれたので、私は続けて残りのふたつを作ることにした。

それも問題なく完成させると、三つの傷薬を見た中年騎士は、頷きながら柔和な笑みを向けてくれる。

「はい、三つとも問題はありません。一応念のために、最後に『鑑定』をいたします」

「お、お願いします」

いまだに少し緊張しながら中年騎士にお願いすると、彼は瓶のひとつを手に取って唱えた。

「【偽りなき文言――隠された真実を――この手に開示せよ】――【詳細(テキスト)】」

すると瓶がわずかに光り、直後にその光が文字となって浮かび上がってくる。

鑑定魔法の『詳細(テキスト)』。

触れている無生物の情報を開示する魔法で、名前と簡易的な詳細を確認することができる。

また、素材や錬成物として鑑定した場合は、状態や効果を確かめることもできる。

錬成がうまくいっていれば状態は『最良』『良』『可』のいずれかになっていて、成功と認めてもらえるはずだけど……

「えっ……」

鑑定結果を見た中年騎士は、目をぎょっと見開いた。

「ク、クリム様！　こちらをご覧ください！」

「んっ？」

慌てた様子でクリムの方に鑑定結果を見せる。

なにか問題でもあったのだろうか？

そんな不安になるような反応はしないでほしいんだけど、なんて思っていると……

「はっ!?　な、なんだこれ!?」

クリムまで似たような反応を示した。

だからそういう反応やめてほしいんですけど。

「な、なになに……？　私、なにか間違ったことでもしちゃった……？」

もしかして試験が不合格になったのかと思い、私は青ざめながら問いかける。

状態が『最悪』にでもなっていたのだろうか、なんて悪い予感が脳裏をよぎって、冷や汗を滲ませていると、クリムが意外そうな顔をこちらに向けてきた。

「自分でなにを作ったのか、わかってないのか……？」

「はいっ？」

言われた通りに、普通に『清涼の粘液』を作ったつもりだけど？

そう首を傾げていると、クリムが鑑定魔法の結果をこちらに見せてくる。

それを確かめた私は、彼らと同じように目を見張ることになった。

◇清涼の粘液

詳細：溶液(スライム)の粘液を素材にした傷薬
　患部に塗ることで治癒効果を発揮する
　微かに清涼感のある香りが宿っている
状態：良
性質：治癒効果上昇（S）解毒効果付与（S）継続治癒追加（S）

「な、なにこれ……？」

なんか、とんでもない『性質』がいっぱいついている。

「なんなのこの性質……？　なんでこんなすごい性質が……」

性質は、錬成術によって生み出された錬成物に宿る、特殊な力のことだ。

たとえば錬成した武器を頑丈にする『耐久性強化』だったり、爆弾の威力を増強する『爆発力強化』だったり。

それらは錬成物の性能を格段に上げてくれる。

だから性質自体が、錬成した傷薬に付与されているのはなにもおかしくはないのだが……

「私、性質が付与できるほど、錬成術うまくないのに……」

性質付与ができる錬成師は、熟練の錬成師のみに限られているはずなのだ。錬成時に注ぎ込まれる錬成師の魔力と想像力によって、付与される性質が決まるから。

だからろくに錬成術の修業をしてこなかった私が、性質を付与できるはずもない。

しかもこんなにすごい性質を。

性質の強さを示す『性質ランク』が限界点の〝S〟で、そんな性質が三つも付与されている。

これを使うだけで一瞬にして傷が塞がり、ついでに毒も完治し、しばらく継続的に傷が塞がるようになるのだ。

まさに万能の秘薬。これ、本当に私が作ったの？

「ショコラ、自分でこの性質を付与したわけじゃ、ないんだよね？」

「できるわけないでしょ、そんなこと。私、普通の性質付与もまだできないのに……」

「そ、そうだよね」

魔物討伐を繰り返していたから、魔力はそれなりに高い方だと思う。

だからたまたま性質が付与できちゃった、っていう可能性も考えられるけど、だとしてもSランクの性質をこんなに発現させられるはずがない。

するとクリムが、ハッとなにかに気付いたように目を見開いた。

「ショコラ、余分に採ってきた素材はあるか⁉」

「素材？　まあ一応、薬草として使おうと思ってた長寿草（ちょうじゅそう）なら少しだけ……」

と言いながらリュックから取り出すと、クリムはすごい勢いで長寿草（ちょうじゅそう）に手を伸ばしてきた。

長寿草（ちょうじゅそう）の一本を右手に持ちながら、魔法の式句を口早に唱える。

「【偽りなき文言――隠された真実を――この手に開示せよ】――【詳細（テキスト）】」

手に持った長寿草（ちょうじゅそう）がわずかに光り、直後にその光が文字となって浮かび上がってくる。

それを見て、クリムはか細い声を漏らした。

「……やっぱりだ」

「なにが？」

「素材だよ。ショコラの集めてきた素材の方に、とんでもない性質が宿ってたんだ……！」

「はっ？」

素材に性質が……？

いったいなにを言っているのだと怪訝な目を向けてしまったが、すかさずクリムが見せてきた鑑定結果を目にして、私は絶句する。

◇長寿草（ちょうじゅそう）
詳細：豊富な栄養素を持つ薬草
　　特に根の方に貴重な栄養が集まっている
　　一本摂取すると寿命が一年延びると言われている

性質：治癒効果上昇（S）

最高ランクの治癒効果上昇の性質。

本当に、素材に性質が宿っている。

本来なら錬成術によって付与するはずの特別な力が、素材の段階ですでに宿っている。自然界で採取してきた素材そのものに性質が宿ることは通常あり得ないはずなのに。

どうして私が採取してきた素材に性質が……？

「性質は錬成してもなくならない。この素材を使うだけでとんでもない性質を宿した傷薬ができるんだ」

「だから、性質付与ができない私でも、こんな傷薬が作れたってこと？」

「うん。でも、いったいどこに行ってこんな素材を採取してきたんだ？」

「どこって、普通に西にあるプールの森で採ってきたけど……」

プールの森はこの町の錬成師や鍛治師にとっては代表的な採取地だ。

この王都から一番近い場所にあるし、気候も穏やかで魔物の強さも並程度。それでいて汎用的な素材を落としてくれる種族が多いから、かなり重宝される場所となっている。

「僕だってしょっちゅうプールの森に採取には行くけど、性質付きの素材なんか見たことないよ」

「た、たまたま、とかじゃないのかな……」

「たまたまでこんなことがあり得るわけないだろ。性質が付与された素材なんか聞いたこともないし、その上凄腕（すごうで）の錬成師が千回に一回生み出せるかどうかの希少な性質ばかり宿ってるんだから。なにか特別な力でもない限り……」

と、言いかけた瞬間――クリムは突然、ハッと息を呑んだ。

「そうか、わかったぞ」

「へっ？」

次いで試験官の騎士に目を向けて問いかける。

「あの、ショコラの試験は合格ってことで大丈夫そうですか？」

「はい。技術的な問題も特にございませんので、ショコラ・ノワール様は合格となります。宮廷錬成師の徒弟として正式に認め、宮廷への立ち入りを許可します」

中年騎士から無事に合格を伝えられる。

とりあえずそれは安心ではあるが、続けてクリムがとんでもないことを口走った。

「ショコラ、試験は終わりだ。僕のアトリエに行く前に、まずはふたりで神殿に行こう」

「神殿？　なんで急にそんなところ……」

「ショコラの体のことが知りたいんだ」

「えぇ⁉」

なに言ってんのよ、あんた！と返す暇もなく、これまた急に腕を引かれて宮廷を後にした。

クリムに連れられてやってきたのは、王都にある大きな神殿だった。

様々な神聖的儀式を行う場所で、一般市民にはあまり馴染みがない。

私もここに来たのは一度だけだ。多分他の人たちもその程度だと思うけど、騎士とか冒険者は頻繁にここにやってくると聞いている。

その理由は……

「ショコラが『称号』を授かってないかどうか、ここで確かめる」

称号。神様から祝福されて授かる〝加護〟のことで、先天的に授かる称号と、後天的に授かる称号がある。前者は完全に運と血筋によって発現するものだけど、後者は特定の条件を満たした者が授かることができる。

そして称号には付随している能力があり、それらは『スキル』と呼ばれている。

神殿では神様に祈りを捧げることで、人に宿っている称号やスキルを確認できるのだ。それらを映し出したものを『ステータス』と呼び、神様から授かった恩恵のすべてがそこには記されている。

で、こうして神殿に連れてこられたということは……

「もしかしてクリムは、私がなんらかの称号を授かってるから、性質付きの素材を採取してこられたんじゃないかって考えてるの？」

「まあ、そんな称号聞いたこともないから、正直可能性は低いと思うけどね。でも一応調べておこうと思って」

「そ、そういうことだったんだ……」

『ショコラの体のことが知りたいんだ』なんていきなり言うから、本当になにをされるのか戸惑ってしまった。紛らわしい言い方をせず、最初からそう言えばよかったのに。

「でも、ステータスを調べても意味ないと思うよ。昔、村の教会で調べたことがあるけど、なんの称号も持ってなかったし。今日まで素材採取係しかやってなかったんだから」

「だから一応って言っただろ。もしかしたらなにかの拍子に称号の取得条件を満たして、それで得た称号が性質付きの素材に関係してるかもしれないんだから」

まあ、絶対にあり得ないとは言い切れないからね。それに他に考えられる可能性もないから、クリムの言う通り調べてみてもいいかも。

そう思った私は、クリムと一緒に神殿の奥へと進んで行った。

そこには男性の聖職者がいて、さっそく調べてもらう。

ステータスを調べる方法は、神殿にある〝巨大な鏡〟――『神鏡（しんきょう）』に触れながら式句を唱えるというもの。

鏡は神様との親和性が高く、それに触れることで神様とより近い距離で対話ができるという。特に神殿に設けられた神鏡は神聖な力を蓄えていて、神様からの啓示を聞くのに最適だと言われているのだ。

「では、神鏡に触れながら式句を唱えてください」

聖職者に促された私は、後ろでクリムが見守る中で奥の壁に設けられた巨大な鏡に手を触れる。純白の飾り枠は波打つような模様で、天窓から射し込んでいる陽光が全体を眩しく照らす中、私は言い間違いがないようにゆっくりと式句を唱えた。

「【我が身に宿る恩恵を映し出せ】」

瞬間、鏡面がほのかに白い光を放ち始める。

それはじわりと形を変えていき、文字となって鏡面に私のステータスを映し出してくれた。

◇ショコラ・ノワール
性別：女
年齢：18
称号：【孤独の採取者】【聡明の魔術師】

◇称号
【孤独の採取者】・孤独な素材採取者の証
・魔物領域での長時間の素材採取を継続日数300日で取得
・採取した素材に上等な性質を付与
【聡明の魔術師】・熟練の魔術師の証
・魔法による魔物討伐数10000体で取得
・魔力成長率2倍

「な、なに、この称号……?」

神鏡に映し出された自分のステータスを見て、私は唖然としてしまった。

本当に称号を授かっていた。しかも見たことも聞いたこともない称号を。

孤独の採取者。加えて、冒険者や騎士が授かると言われている聡明の魔術師の称号まで宿っている。自分が知らぬ間に、ふたつの称号を神様から授かっていた。

「『採取した素材に上等な性質を付与』、か。とんでもないスキルだ」

クリムは複雑そうな表情で苦笑を浮かべている。

「基本的に自然界に存在する素材にはなんの性質も宿ってない。けどショコラは、『孤独の採取者』の称号に付随してるこのスキルで、採取した素材に性質を付与してたんだ。しかもかなり上等な性質を」

「わ、私が、採取した素材に……」

我ながら凄まじい力だと直感する。

採取した素材にとんでもない性質を付与できる力。

本来は錬成術を極めた熟練の錬成師たちしか付与できないはずの性質を、私は素材を採取するだけで付けることができてしまうのだ。

「えっ、ちょっと待って？　ていうことは、私が今まで採取してきた素材には、全部上等な性質が付与されてたってこと？」

「まあ、そういうことになるね。『孤独の採取者』の称号を授かってからにはなるけど、今日まで集めてきた素材には希少な性質が付与されてたに違いない。だとすると、ババロアのアトリエがここ最近繁盛してるのも納得がいく」

「ど、どういうこと？」

ほくそ笑んだクリムは、不意に私の背後に回り込んでくる。そして私のリュックから、採取してきたばかりの長寿草を取り出すと、それをこちらに見せながら続けた。

「これを錬成の素材に使えば、簡単に超性能の錬成物を生み出すことができるんだよ」

「それじゃあ……」

「ババロアは近頃、高品質の錬成物ばかりを生み出してアトリエを繁盛させている。でもそれは奴の実力でもなんでもなかったんだ」

クリムは爽やかな笑顔でこちらを見つめながら、はっきりと断言した。

「ショコラが最高品質の素材を採取してたおかげで、ババロアは超性能の錬成物を量産できてたってことだよ」

今一度その事実を告げられて、私は呆然と佇む。

私の、おかげで……

ババロアが生み出していた良質な品々は、全部私のおかげだったってことなの？

それなのに私は、素材採取係としてこき使われて、最後には過労で倒れてアトリエを追い出された。

「なによ、それ……」

たとえようのない感情で胸を満たしていると、クリムは私の手を取って、聖職者に挨拶してから歩き始めた。

そして神殿を出ると、近くのベンチに腰かけて、一度落ち着いてから話を再開する。

「にしても、どうして今まで誰も気付かなかったんだよ。普通、超性能の錬成物ができあがったら、なにかあると思って素材とか確かめたりするだろ」

「錬成は基本的にババロアが担当してたから。他の職人さんたちは品評会に向けての修業をしてたし、徒弟とか私は雑用係だったし……」

「まあ、外から採取してきた素材を、わざわざ魔力消費の激しい鑑定魔法を使って確認まではしないか。見た目は完全に普通の素材だし、状態は見れば一目瞭然だから」

クリムは手に持った長寿草(ちょうじゅそう)を揺らす。

次いで彼は、心の底から呆れたような表情を浮かべて続けた。

「おまけに、とんでもない性質の錬成物ができあがっても、それを全部自分の腕のおかげだとしか思わない傲慢な奴も、いるみたいだしね」

ババロアへの皮肉が、とても効いていると思った。

確かにあの傲慢な性格だったから、今日まで私の隠されたスキルについて誰も気が付くことがなかったのだ。

私自身、そのせいで自分の力にはまるで気付かなかったし。

私も思わず呆れた気持ちになっていると、クリムは私の心を代弁するように笑みを浮かべた。

「今頃ババロアの奴、錬成物の品質がガタ落ちして焦ってるんじゃないのかな。ざまぁみろって感じだね」

「……うん」

その姿を想像し、なんだか少しだけ気持ちが晴れた気がした。

その後、私はクリムと一緒にアトリエまで向かうことになる。

ババロアのアトリエではなく、クリムのアトリエに。

ここから私の、第二の錬成師人生が始まる。

＊＊＊

ババロアのアトリエ、工房長室。

そこにはいつにも増して機嫌の悪い、ババロアの姿があった。

「なぜだ……！」

ババロアは片手で金髪をかき乱しながら、もう片方の手でできあがったばかりの錬成物を握りしめている。

「なぜ突然、俺の品がこんなに……」

瓶詰めにされた傷薬は、溶液（スライム）の粘液を素材にして作られた塗り薬だ。

錬成術において代表的な傷薬のひとつで、素材の入手と錬成のしやすさから低価格での提供が可能になっている。

加えてババロアのアトリエで作られるその塗り薬は、強力な性質を宿していることで王都内の騎士や冒険者たちの間で話題になり、低価格に見合わない高い治癒効果が大好評で看板商品のひとつである。

もう他のところで同じ商品を買うことはできないと言う者も多い。

ギルドから大量生産は控えるようにと注意喚起を受けるほどで、その事実が広まったことでさらにババロアのアトリエの評価も急激に上がった。

他の商品も負けず劣らずの強力な性質を宿したものばかりで、それを知った者たちはすっかりババロアの商品の愛好家になり、定期的にアトリエにやってきている。

だが……

◇清涼の粘液
詳細：溶液（スライム）の粘液を素材にした傷薬
　患部に塗ることで治癒効果を発揮する
　微かに清涼感のある香りが宿っている
状態：可
性質：治癒効果上昇（D）

ここ一週間、ババロアは低品質の錬成物しか作れていなかった。

あれだけ強力な性質を宿した錬成物を生み出すことができていたのに。

今まで通り同じ感覚で錬成をしている。素材だって間違えるはずがない。

しかし突然、錬成物に付与される性質のランクが激しく落ちて、そのせいで贔屓にしてもらっている愛好家たちからも手厳しい言葉を頂戴することになった。

『あれだけいい性質の品が置いてあったのに、残念だなぁ』

『これからは別のところで調達しようか』

結果、ここ一週間で想定外の数の客がこのアトリエから離れている。

同時に売り上げが急激に減って、ババロアの精神はひどく摩耗していた。

「俺は今まで通りやっているはずだ……！　なのになぜ、こんなクズみたいなものばかり！」

彼は憤りのあまり、手に持っていた『清涼の粘液』を地面に叩きつけた。

バリンッ！と甲高い音が部屋に響き、ガラス片と粘液があちこちに飛び散る。

それでも怒りを抑え切れずに金髪をかきむしっていると、職人のひとりが開いた扉から恐る恐る声をかけてきた。

「あ、あの、ババロア様……」

「あぁ!?」

「ひいっ！」

ババロアが苛立ったまま応えると、職人はビクッと肩を揺らして怯える。そして表情を強張らせたまま、手に持っていた木編みのカゴを差し出して用件を伝えた。

「そ、そそ、素材採取が終わりましたので、そちらを持ってきま……」

「まだ四時間しか経っていないではないか！　もっと状態のいい素材を探して持ってこい！　お前たちが手を抜いているせいで、俺の錬成物の品質が落ちているのだぞ！」

「すす、すみません！」

職人は慌てた様子で再び素材採取へと飛び出していった。

ババロアのみが残された部屋に、彼の荒々しい鼻息が響き渡る。

（そうだ、これはきっと素材探しを怠けているあの職人どものせいだ！　俺の腕が落ちたせいではない……！）

素材の状態が悪ければ、錬成物の完成度に影響が生じる。

そのせいで思い通りの性質を付与できずに、粗悪なものばかりできあがってしまうのだ。と、心中で自分に言い聞かせてみるが、ババロアの心はいまだに落ち着きを取り戻せずにいた。

「くそっ、なにがどうなっているのだ……！　なぜ今までのような性質が出せなくなったのだ……！」

ある日を境に錬成物に特別な性質が宿るようになり、ババロアは自分が錬成師として覚醒したのだと思っていた。これこそが自分の中に宿されていた、錬成師としての才能だったのだと。

ナスティ家相伝の称号を授からなかった代わりに、自分には隠されていた力があると確信していたのに。

『ナスティ家は妹のフランに継がせる。『早熟の錬成師』の称号を授からなかった無能はさっさと出ていけ』

錬成師の名家に生まれながら、家のほとんどの者が授かっている称号をババロアは授かることができなかった。錬成術の上達が極めて早くなる、錬成師にとってとても重要となる称号――『早熟の錬成師』。

それを授かれなかったババロアは家を追われ、次期当主に選ばれた妹に対して計り知れない憎悪を抱いた。

だからババロアは、自分でアトリエを開き、そこで錬成師としての才能を示して次期当主の座を奪い返すつもりでいた。ようやく波に乗れたと思った矢先に、粗悪な錬成物ばかりしか生み出せなくなり、アトリエは閉鎖の危機に立たされている。

「俺は、無能なんかではない……！　ナスティ家を背負って立つのは、この俺だ……！　女に錬成師など務まるはずがないのだからな」

妹に抱えている怒りを今一度燃やしながら、ババロアは原因を探るべくひたすらに錬成術を繰り返すことにした。

きっと何度か錬成術をやっているうちに、再び上質なものを生み出せるはずだと。

そのために作業場に赴き、素材棚の方に歩いていくと……

　そこに置いてあるひとつの素材に目が留まり、不意に脳裏にひとりの少女の顔が浮かんだ。

（あれは……）

　一週間ほど前にアトリエから追い出した、素材採取係のショコラが採取してきた素材。

　炎鹿（ブレイズバンビ）の角だ。

（あの無能の置き土産か。女のくせして錬成師を目指しおって、散々こき使ってやったが、最後まで自らアトリエを辞めはしなかったな）

　女性の見習い錬成師ということで妹のフランと重なって見えて、ババロアは彼女を虐げ続けてきた。

　そのショコラが採ってきた角は、もともと五本使う予定だったのだが、一本は依頼がキャンセルされたため素材が残ったままだったのだ。

　ということを思い出したババロアは、引っかかりを覚えて眉を寄せる。

　自分の不調が始まったのが一週間前。素材採取係のショコラを追い出したのも一週間前。

　ショコラが採取してきた素材はすぐに使い切り、それからは他の職人や徒弟たちに集めさせた素材で錬成をしている。

（偶然か……？　いやだが、もしかしたら……）

　ババロアはひとつの可能性に辿り着き、棚に置いてある炎鹿（ブレイズバンビ）の角に手を伸ばした。

第三章　クリムのアトリエ

神殿を出た時にすでに日は落ちかけていて、城には夜の帳が下りた頃に到着した。

試験に合格している私は、宮廷への立ち入りを認められている状態なので、クリムに付き添う形で初めて城の中へと入っていく。

白を基調とした内壁と天井の高い廊下。滅多に見ることのない高貴な雰囲気を放つ騎士や令嬢たちと何度もすれ違い、私の緊張感は否応なく増していく。その中でクリムは、時折騎士や令嬢たちと気軽に挨拶を交わしていて、なんだか別の世界の住人のように映った。そんな彼の後ろをビクビクとついていくと、やがて宮廷の中心にある大きな居館へと辿り着く。

ここには王家の人たちはもちろん、家臣や近衛騎士たちの住居も設けられている。

また、台所や客間などもこの居館にあり、主に使用人が暮らす別棟を合わせると、総部屋数は千近くになるという。

国一番の巨大建造物と言われているだけのことはあるなぁ。

その一室に案内されて、クリムが説明をしてくれた。

「ここが僕のアトリエだよ。居館の部屋のひとつを、アトリエとして借してもらってるんだ」

「お、お邪魔します……」

招かれたその部屋は、かなり広々としていた。

左の壁際には大きな作業机と素材棚が置かれており、反対側は本棚とソファがある。真ん中が広々と空いているのは大がかりな錬成術を行うためだろう。

どの設備も、私が想像しているものよりひと回り大きく、さすが宮廷錬成師様のアトリエだと痛感する。

立派だなぁ、と思う傍らで、私はある不安を静かに募らせていた。

……ここで、共同生活をするわけだよね。

「基本的にアトリエの中にあるものは自由に使ってくれていいよ。隣の部屋が空いてるから、そこで寝起きや着替えをしてくれ。あと、城の設備は使用人か騎士に許可をもらってから使うように……」

クリムは普段と変わりない様子で淡々と説明し、対して私はなにも言わずにジト目を向ける。

向こうが気にしていないのならそれに越したことはないんだけど、少しは思うところがあったりしないのだろうか？

「今日はもう遅いから、アトリエの手伝いは明日から……」

と、言いかけたクリムは、ずっと黙っている私を見ていよいよ首を傾げた。

「どうかした？　さっきからやけに大人しいけど。借りてきた猫みたいに」

「いや、だってさ……」

正直口にするのはためらわれるけれど、この際だからと思って問いかけてみた。

「クリムは気まずくないの？　私とふたりきりでさ……」

喧嘩中の相手と接する気まずさに加えて、同い年の異性とふたりきりの気まずさ。

そのふたつの意味を含めて尋ねてみたのだが、クリムは平然とした様子で返してきた。

「別に、ただの仕事上の協力関係ってだけだから。ショコラとふたりきりでもなんとも思わないよ」

「……ふ、ふぅーん」

改めてクリムの口からそれを聞けたのは、安心だけど……うーん、それはそれでムカつくような気がする。

別にクリムに意識してもらいたいとか、そういう気持ちがあるわけじゃない。ただ、これでも一応私は女の子なのだから、異性としてまったく意識されていないとなると悔しい思いが込み上げてくる。

女の子として見くびられているというか、舐められているというか。

ちんちくりんだったクリムのくせに。

「あぁ、そうですか。まあクリムはもう立派な爵位付きの宮廷錬成師だから、たくさんのご令嬢ともお近付きになって、色々と大人っぽい交際をしてるんでしょうね」

「はあっ⁉」

半分冗談、半分事実だろうと思って言ってみたけれど……

クリムは予想外にも前のめりになって、強めに返してきた。

「そんなわけないだろ！　だって僕はずっと……！」

「ずっと……？」

瞬間、クリムはハッとした様子で口を閉ざす。

次いでこちらから視線を逸らすと、なにかをごまかすように銀髪をかいてこぼした。

「な、なんでもない」

いったいなにを言いたかったのだろうと不思議に思ったが、私はそれ以上追及しなかった。

それからクリムは、隣の部屋に続いている扉を開けて指で示す。

「いいからもう寝なよ。明日は朝早くから手伝いをしてもらうつもりなんだから。腹ごしらえと湯浴みがしたかったら使用人にでも聞いてくれ」

「そういえば、明日から具体的にどんな手伝いすればいいの？　簡単な素材採取とかって言ってたけど、クリムの代わりになにか採ってくればいいのかな？」

「いいや」

てっきり素材採取を頼まれるのかと思っていたけれど、そうではないらしい。

じゃあ私はいったいなにを……？と思っていると、不意打ちで衝撃的なことを伝えられた。

「初めはそのつもりだったけど、ショコラには錬成の方も手伝ってもらおうと思う」

「えっ……」

「今日の試験結果を見て気が変わった。ショコラには王国騎士たちが使う傷薬の錬成を任せる」

「き、騎士たちの傷薬⁉」

なんか、いきなりとんでもない仕事を任された。


翌日、素材採取のために、朝早くからひとりでブールの森にやってきた。

「い、胃が痛いよぉ……」

いきなり責任重大すぎる。最初は簡単な素材採取だけって言ってなかったっけ？

確か、開拓師団が魔物領域に厄介な魔物の巣を見つけて、そのための武器と薬が大量に必要って聞いた気がする。

その分の傷薬を、私が作るってことだよね？

充分に性能を満たしている傷薬を作らないと、騎士団に迷惑をかけることになる。

下手したらそれが原因で、騎士たちに大怪我をさせてしまうかもしれない。

半端ではないプレッシャーを感じ、人知れず体を震わせていると……

「キュルル！」

溶液（スライム）が鳴き声を響かせながら襲いかかってきた。

「【鋭利な旋風──反逆の魂を──すべて切り裂け】──【風刃（エアロエッジ）】！」

それを迎撃する形で討伐しながら、森の奥へと進んでいく。

作成を頼まれた薬は、先日試験で作ったものと同じ『清涼の粘液』。

だから必要となる素材はすべてこのブールの森で採取できる。

危険度の高い魔物はほとんどいないため、比較的安全に素材採取が可能だ。ババロアのアトリエにいた時に向かわされていた採取地に比べれば本当にかわいいものである。

だから別に気を張る必要はないんだけど、問題は素材採取をした後なんだよね。

「昨日はうまくできたけど、今度もちゃんとできるかな……」

溶液（スライム）の粘液を瓶に詰めながら、私は胸中の不安を口に出す。

これまでほとんど錬成術の修業ができていなかったのに、いきなり王国騎士たちが使う傷薬を錬成するなんて思ってもみなかった。素材採取をするだけならそれなりの自信があるんだけど、実際に錬成をするとなると不安が膨らむ。

……いや、これはむしろ絶好の機会と捉えるべきだろうか。

これまでブラックなアトリエで素材採取しかさせてもらえなかった私が、錬成師としての腕を広く伝えることができるチャンス。これがうまくいけば、錬成師として技量を認めてもらえて、品評会への出品もより現実的になるかもしれない。

加えてギルドに蔓延（はびこ）っている〝実力不足の噂〟も解消することができるかもしれないし、ちょっとやる気を出して頑張ってみますか。

「それにしても……」

私はたった今採取した溶液(スライム)の粘液を見つめながら、今さらの疑問が浮かんでくる。

「『採取した素材に上等な性質を付与』だったよね」

いつの間にか授かっていた称号――『孤独の採取者』。それに付随しているスキルの効果は、『採取した素材に上等な性質を付与』するというものだ。

こうして素材として拾ったものに、性質を付与する力というのはなんとなく想像がつくけど……〝採取した素材〟って、どの辺りから〝採取した〟って判定になるんだろう？

素材として拾ってリュックの中に入れたら？　それとも素材に触れたら？

だとしたら他人の採ってきた素材に触れても性質を付与できるのかな？

「……ちゃんとその辺りのこと、知っておいた方がいいよね」

私は素材採取のついでに、自分の『孤独の採取者』の称号についても調べてみることにした。

素材採取を終えて、昼過ぎ頃に町に帰ってきた。

目標数の素材が集まり、ついでに称号に付随しているスキルについてもいくつかわかったことがある。

『採取した素材に上等な性質を付与』というのは、どうやら素材それぞれに付与する条件が決められているらしい。たとえば薬草は『地面から抜いた瞬間』とか、川の水は『一定量を川から汲んだ瞬間』とか、魔物素材は『倒した瞬間』とか。

それを私自身が行うことで素材に性質を付与できるようだ。各種素材を、それぞれ採取条件を変えながら採って、逐一鑑定魔法で調べたから間違いない。

加えて別の人が採取してきた素材を町で買って、改めてリュックに入れてみたけど、性質が付与されていなかったからやっぱり自分で採ってくることが絶対条件のようだ。

なかなかに発動が厳しいスキル、ということである。

それと、付与される性質は基本的に素材ごとにある程度決まっているようだ。

薬草系の素材だったら治癒に関係した性質とか、鉱石系の素材だったら鍛治に関係した性質とか。

これなら薬を作る際は治療系の性質を付与しやすいし、武器防具を作成する際はより強力なものに仕上げやすくなる。その辺りは良心的というか錬成術のことを考えられたスキルになっていると思った。

そんな軽い実験も終わらせて、私はクリムのアトリエに戻ってきた。

「ただいまー」

宮廷の長い廊下を心細い気持ちで渡り切り、内心ホッとしながら部屋に入る。

やはりすぐ近くを王国騎士たちがすれ違っていくこの環境には慣れないな。それに城内を歩いている騎士たちは、基本的には階級が高い人たちが多いと聞くし、余計に緊張感を覚えてしまう。

なんてことを考えていると、遅まきながらクリムがやや驚いたような目をこちらに向けていることに気が付いた。

「やっぱり素材採ってくるの早いね」

「えっ、そう?」

「それだけの量をひとりで集めようと思ったら普通、丸一日はかかるはずなんだよ。溶液(スライム)を倒すのだって魔力は相当消費するはずだし、どれだけ体力と魔力があるんだよ」

「人を化け物みたいに言わないでよ」

素材採取係としての経験が長いから、必然的に体力と魔力が鍛えられているのだ。

森の散策も慣れたものだし、身体強化魔法で高速移動もできるし、人より素材採取が得意な自覚は多少ある。逆に素材採取をしてばかりだったせいで、錬成術はからきし自信がないけど。

「じゃあよろしく頼むよ。今から錬成を始めればそれなりの数を作れると思うから、とりあえず今日の目標は三十個くらいってことで」

そう言うや否や、クリムは早々と作業机の方に視線を戻してしまった。

私は少し思うところがあり、素材棚に採取品を仕舞いながらクリムに問いかける。

「よくそんな軽い感じで任せられるね。私に任せて不安とかないの?」

「言っただろ、昨日の錬成を見て決めたって。ショコラの作ってくれた傷薬はもう充分、王国騎士団で採用できるレベルのものだった。確かに状態や完成度は充分とは言えなかったけど、それを補えるほどの強力な性質が宿ってるからね。ていうかそんなこと聞いてくるなんて、もしかして自信がないのか？」

「むっ……」

自信は、確かにあまりないけどさ。それを改めてクリムから確認されるのはなんか癪だ。

「ぜ、全然そんなことないし。昨日と同じくらいの傷薬を錬成すればいいだけでしょ。自分の称号のことも少しは理解できてきたし、もしかしたらクリムよりもすごい傷薬を作れるかもしれないよ」

「それはないから安心しなよ」

「えっ？」

冷静な様子でばっさりと言い返されて、私は憤りよりも疑問が先に浮かぶ。

「な、なんでそう言い切れるのよ」

「そういえば僕の作ったものはまだ見せたことがなかったね。確かにショコラが採取した素材にはとんでもない性質が宿ってるけど、それだけじゃまだ僕の錬成品には少し届かないよ」

そう言ったクリムは、席を立って部屋の隅に置いてあるカゴに近付いていく。

どうやらそこに完成した品を仕舞ってあるらしく、中から小さな巾着袋を取り出した。さらにそこから薄黄色の飴(あめ)玉のようなものを出し、こちらに渡してくる。

「これってもしかして、『琥珀の丸薬』？　こんな難しいものまで錬成できるの？」

錬成術で作成可能な傷薬は複数存在する。

その中でも特に錬成が難しいとされているもののひとつが『琥珀の丸薬』だ。

素材の採取自体は比較的簡単だが、それに見合わず錬成の難易度が異常に高くなっている。

錬成術は素材同士が結び合うイメージが明確にできていないと、完成状態が悪くなって使い物にならない。そして琥珀の丸薬の錬成には多くの水素材が必要で、錬成術において液体同士を正確に結び合わせるのはかなり難しいとされているのだ。

だから琥珀の丸薬の錬成難易度はかなり高いと言われているが、見る限りきちんと錬成できていると思う。

いや、それどころか……

◇琥珀の丸薬
詳細：琥珀水を素材にした丸薬
　服用することで高い治癒効果と能力向上効果を得る
　甘味がある
状態：至高

性質：治癒効果上昇（A）効果維持上昇（A）

「なに、この〝状態〟は……？」

鑑定魔法で試しに調べてみたら、〝至高〟という見たことのない状態だった。

錬成品の状態は『最良、良、可、悪、最悪』の五段階だけじゃなかったの？

「錬成物の性能や効果は、状態によって大きく変わる。中でも『最良』の状態の錬成物は、性能や効果が格段に高くなってるんだ」

「それはもちろん知ってるけど……」

「でも実は、その上には『至高』っていうもうひとつの状態が存在する。至高の状態の錬成物は、最良の状態よりもさらに別格に性能や効果が高くなってて、僕はその至高の錬成物を生み出すことができるんだ」

「な、なんでそんなことが……」

できるのよ、と問いかけようとしたら、クリムが先回りして答えてくれた。

「『至高の錬成師』っていう称号を持ってるから、僕は限界を超えて錬成物を『至高』の状態に仕上げることができるんだよ」

思わず口をあんぐり開けてしまう。

ずるくないそれ？　普通は最良が限界のはずの状態を、それを超えて至高の状態にまで引き上げられるなんて。

クリムと同じものを作ったら、状態では絶対に勝てないということになってしまう。

「もちろんそれに伴った想像力が必要になってくるから、その分錬成術を磨いていかないといけないけどね」

苦笑しながらそう言ったクリムは、私の手から丸薬を取り戻して最後に言い切った。

「至高の状態で完成させられることに加えて、僕もある程度は性質付与ができる。ま、そんなわけだから、横に並ばれることはあっても追い抜かれることは〝まだ〟ないよ」

「………やけに自信満々じゃない」

まあ、確かにそんな称号を持っているなら自信があるのも頷ける。

それに私よりも断然知識が豊富で、色々なものを正確に錬成できるみたいだから。

私なんかまだまだだな。クリムよりもすごい傷薬を作れるかもなんて自惚れもいいところだ。

でも、『〝まだ〟ないよ』か。

それなりに腕を買ってもらえているとわかって、私は少し嬉しい気持ちになった。

「あっ、それならさ、私が採ってきた素材でクリムが錬成すればいいんじゃない？」

「ショコラの素材で……？」

「そうすればSランクの性質がいっぱい付いた、至高の状態の錬成物ができるんじゃないの？」

私が採ってきた素材には規格外の性質が付与されている。
それを錬成に使えば性質を受け継がせることができるので、至高かつ超性質満載の錬成物になるんじゃないの？　まさに最強の錬成物だ。
と、思って提案してみたのだけれど……

「……ショコラの採ってきた素材は使わない」

「えっ？」

「使えるわけないだろ。それで僕の錬成物の質がよくなっても、周りから評価されるのは僕だけじゃないか」

確かに、実際に手掛けるのがクリムである以上、私はただの素材採取係としてしか認識してもらえない。
それを気にして、私が採ってきた素材を使おうとしなかったってことか。
クリムだったら、自分の力だけで錬成師として名声を高めたいはずだから。
なによりそんなやり方は、クリムが一番嫌がりそうなことだ。

「それが嫌だったから素材採取係としてじゃなく、錬成の手伝いをしてもらおうって思ったんだ。僕をどこぞの傲慢な錬成師と一緒にしないでくれ。ショコラの採ってきたものは、ショコラが自分で使いなよ」

「……う、うん。わかった」

クリムが気を遣ってくれたのだとわかり、私は言いようのない気持ちで頷いた。

私のことなんか気にしなくていいのにな。

私はお世話になっている立場なんだから、どんどん利用してくれて構わないのに。

錬成師としての矜持ってやつなのかな。こだわりとか誇りがあるっていうのは、すごく大人っぽく見える。

まあ、クリムがそう言うなら、自分で採ってきたものは自分で使わせてもらうとしよう。

「あっ、クリムも『孤独の採取者』の称号を取ればいいんじゃないの？　そうすれば自分で採ってきた素材で最強の錬成物ができるんじゃ……」

「いや、取ればいいって簡単に言ってるけど、取得条件ちゃんと見てなかったの？」

「取得条件？」

そういえばなんだっけ？

称号にはそれぞれ取得するための条件があり、『孤独の採取者』も例外ではない。

私はその条件を満たしたから称号を獲得できたわけで、神境に映し出されたステータスにそれも記述されていたと思うけど、正直よく覚えていないなぁ。

クリムは正確に覚えていたようで、呆れた表情で返してきた。

「『魔物領域での長時間の素材採取を継続日数３００日で取得』。そんなことしてる暇がないし、そもそも条件に曖昧なところがありすぎて取得できる気がしないんだよ」

「曖昧？」

「まず〝長時間〟がどれくらいの時間を指しているのか。あと〝素材採取〟はどれくらいの素材を採ればいいのか」

　あぁ、確かに曖昧なところだらけだ。〝継続日数３００日〟というのは明確に数字が記されているけれど、それ以外の記述は具体性に欠けるものが多い。

　特にクリムの言った〝長時間〟と〝素材採取〟のところが。

「魔物領域を一時間くらい探索して、素材をひとつ持ち帰るくらいのことなら三百日続けてる人間がいても不思議じゃないだろ。でもこれまでに『孤独の採取者』の称号を授かった人間の記録は残されていない。その程度じゃダメってことだ」

　クリムはカゴに琥珀の丸薬を仕舞いながら、続けて私に問いかけてきた。

「ちなみにショコラは一日どれくらい素材採取をしてたの？」

「えっと、平均八時間くらいかな？　去年とかは特にひどくて、十時間は魔物領域で素材採取をしてたと思う。一日で集める素材の数も、魔物素材なら最低三十個、自然素材は指定がなくて、日が暮れるまで集めさせられてたかな」

　クリムは唖然とした表情をした後、なんの参考にもならないね、と呆れるようにこぼした。

「ま、その辺りのことが曖昧だから、再現性がなくて試す気にもならないってことだよ」

「なるほどねぇ。あっ、それじゃあ逆に、私が『至高の錬成師』の称号を取っちゃえばいいんじゃない？　そうすれば私も錬成物の状態を至高まで上げられるし……」

なかなかにいい考えかと思ったけれど、これまたクリムに呆れられてしまった。

「錬成術によって最良の錬成物を一万種以上生み出した者」

「へっ？」

「『至高の錬成師』の称号の取得条件だよ」

「い、一万種⁉」

凄腕の錬成師が手掛ける錬成物の種類が、生涯で一万種と言われている。

素材集めに時間がかかるのはもちろん、錬成物それぞれの理解を深めて錬成術を磨かなければならず、一万種の錬成を成功させるのは一生をかけても不可能と言う者も多いほどだ。

だというのに、それをすべて最良の状態で仕上げた？

「それができる自信があれば、試してみてもいいんじゃないかな。少なくとも僕は錬成術に打ち込んで丸々七年はかかったけど」

「た、たった七年で、一万種の錬成物を……？」

とても真似(まね)できるものではないと思った。

一万種の錬成物を生み出すだけでも苦行だろうに、それをたった七年でなんて。

幼い頃から、がむしゃらに素材を集めて、組み合わせを考えて、ひたすらに錬成術を試していた証拠。並の熱意では成し遂げられないことだ。

これには素直に尊敬の念が湧いてくる。

そうだよね、よく考えたら今目の前にいるのは、齢十五にして王国騎士に力を認められて宮廷入りを果たした天才錬成師なんだよね。

そんな人物と簡単に肩を並べようとか、同じ力を手に入れようとか考える方が間違っていた。

本物の才能というものを、私は今一度痛感させられる。

「ていうかクリム、趣味で始めたって言ってたのに、そこまで錬成術に打ち込めるなんてすごいね。本当に錬成術好きなんだ」

なんとなしにそう言ってみると、クリムはなぜか気まずそうに目を逸らす。

「………………趣味でここまでやるわけないだろ」

「えっ？」

「いや、なんでもない」

なにか言ったような気がしたけれど、クリムはそれ以上なにも答えることなく作業机の方に戻っていった。

私も私で、大切な仕事が残っていたのだと思い出し、すぐに傷薬の錬成に取りかかることにした。

第四章　錬成師のお仕事

傷薬の錬成作業を始めて一週間。どうやら傷薬が大好評のようだ。

「クリム君の傷薬もすごいけど、ショコラちゃんの方もなかなかに強力だって騎士団で噂になってるよ」

すでに討伐任務で使用した騎士たちから、かなりの好評を得ているらしい。ということを、アトリエに遊びに来た近衛師団の団長ムースさんに教えてもらった。

「色んな性質が付いてておもしろいし、討伐師団の人たちに大人気なんだってさ。特に治癒効果が凄まじくて、どんな傷も一瞬で塞がるから討伐任務でも重宝されてるって話だよ。それと噂だと、千切れかかった腕も元通りくっついたとか……」

「えっ？」

千切れかかった腕がくっついた？　私の傷薬ってそんなに治癒効果が高いの？

「開拓師団の方でも採用が決まったから、これからますます錬成依頼が来ると思うよ。よかったね、ショコラちゃん」

「は、はい……」

果たして本当に腕がくっついたのかどうかは定かではないが、とりあえず問題はなさそうで

よかった。

ていうかあまりにもうまくいきすぎていて、まだほとんど実感がない。

私が作った傷薬が、あの崇高な王国騎士団の騎士たちに認めてもらった……

本当に身に余る光栄である。正直、酷評も覚悟をしていたから意外な結果に驚きを禁じ得ない。クリムが作った錬成物に比べたら、私の品はやはりまだ安定感はないと思っていたから。

私は採取した素材に上等な性質を付与できるけど、その性質は自分で選ぶことができない。

だからどうしたって錬成する傷薬の性能には多少のバラつきが出てしまう。

素材ごとに付与される性質はある程度決まっているとはいっても、すべてが同じというわけではないので、完成品にも差が生まれてしまうのだ。

◇長寿草(ちょうじゅそう)
詳細：豊富な栄養素を持つ薬草
　特に根の方に貴重な栄養が集まっている
　一本摂取すると寿命が一年延びると言われている
性質：治癒効果上昇（S）

◇長寿草
詳細：豊富な栄養素を持つ薬草
　特に根の方に貴重な栄養が集まっている
　一本摂取すると寿命が一年延びると言われている
性質：毒耐性上昇（S）

　こんな感じで『長寿草』に『治癒効果上昇（S）』以外の性質が付与されることもある。

基本的には『治癒効果上昇（S）』の性質が付与されやすいけど、たまにこうして『毒耐性上昇（S）』だったり『身体能力上昇（S）』といった性質が付与される。

あと『爆発力強化（S）』とか傷薬に継承できない性質が宿ることもある。

今回騎士団の人たちに向けて作った傷薬には、『治癒効果上昇（S）』の性質を付与しているけれど、他の素材の性質は厳選していないため『炎耐性上昇（S）』だったり『跳躍力上昇（S）』とか付いたりしてるんだよね。それをおもしろいと受け取ってくれたみたいでよかったけれど、大量生産する傷薬はやはり安定感の方が大事だと思う。

　騎士団には採用してもらったけど、やっぱり自分でもある程度は性質付与ができるようになって、状態も最良のものを作れるようになりたいな。

「さてと、俺はそろそろ仕事に戻るかな」

ソファにどっぷりと腰かけていたムースさんは、気怠げに立ち上がって扉の方に歩いていった。

「じゃあクリム君も引き続き、武器錬成の方よろしく頼むよ」

「わかりました」

そう言ってひらひらと手を振りながら、彼はアトリエを後にした。

どうやらムースさんはよくこのアトリエをサボり場所として利用するらしい。クリムもクリムで仕事の邪魔にはならないから別にいいと、ムースさんの出入りを許しているそうだ。

でも、ムースさんって確か近衛師団の師団長さんだったよね？

「近衛師団って暇なのかな？」

「あの人が特別ってだけだよ」

思わず呟くと、それを聞いていたクリムがかぶりを振りながら返してきた。

「騎士は基本、どの師団にいても忙しい身だ。師団長ともなると仕事の量だって桁違いに増える。でもあの人は要領がいいから、どんな仕事も手早く終わらせて休む時間を確保してるんだよ」

次いでクリムは呆れた様子で続ける。

「だから楽してるように見えたりサボってるように見えたりするのは勘違いで、なんだかんだでやるべきことはやってる人だよ。他の師団長と比べて、仕事への熱意はまったく感じられないけどさ」

「へ、へぇ……」

そういえば前に宮廷内で立ち話した時も、『仕事なんて一割の力でやればいい。残りの九割で好きなことしよう』とか堂々と言ってたもんね。

噂に聞く他の師団長とはまだ会ったことがないけど、みんな仕事に真面目だったり強い熱意を持っていたりするらしいから、ムースさんだけ浮いているような気がする。

まあ、私もどちらかと言うとムースさんの考えに賛成だけどね。

根を詰めすぎるとよくないことは、もう身に染みてわかったから。

好きなことに全力で生きようという気概は、みんな見習うべきものだと思う。

「そういえばクリムって、他の騎士団の人とは交流があったりするの？」

「どうして？」

「いや、宮廷錬成師って騎士団や王族から依頼を受けて、淡々と仕事をこなしてるだけの印象があったから。騎士さんと仲よくしてるのはなんか意外でさ。他にも仲いい人とかいるのかなぁって」

「……別にムースさんとは仲よしってわけじゃないけど」

なんだか不満そうな顔をしながらも、クリムは渋々教えてくれる。

「完全に交流がないってわけじゃないけど、話す機会が少ないのはその通りだよ。だから騎士団の人たちとは別に仲よくはないかな。まあ、あの人が特殊ってだけだよ」

「そ、そう……」

他の師団長がどんな人たちなのか聞ければと思ったけど、実際に自分で会って確かめるしかないみたいだ。

「ところで、今日と明日の分の傷薬の錬成終わったんだけど、来週分の素材採取に行った方がいいかな？」

私は自分の作業机の方を見ながらクリムに尋ねる。

言われた目標数はすでに達成していて、他にやることも特に思いつかなかったので、素材採取の提案をしてみたのだが……

「もう傷薬の錬成はすっかり慣れたみたいだね。それじゃあ次は、武器の錬成の方もショコラに任せようかな」

「えっ……」

「魔物領域の開拓のために、傷薬と武器が大量に必要なるって聞いただろ。武器の錬成の方もショコラに少し手伝ってもらいたいから、今から武器の錬成の方に取りかかってもらう」

き、騎士団が使う武器まで……？

まるで予想していなかった返答に、私は思わず困惑した。

「私、武器の錬成なんてしたことないよ……」

「そこは僕が教えるから大丈夫」

「どんな素材を採取してくればいいかも、全然わからないし……」

「僕が一緒についていくから心配ない」

続けてクリムは背中を押すように言った。

「なによりショコラの作った武器も見てみたいって騎士たちが言ってるんだ。もしそこをショコラに任せられるようになれば、僕も錬成術の研究に時間を割けるようになるし、ショコラだって錬成師として成長ができるだろ」

「…………」

まあ、確かに成長はしたい。今のところ自信を持って作れるのは『清涼の粘液』ひとつだけなので、これでは錬成師として一人前とはまったく言えないだろう。

アトリエを開けば武器錬成の依頼だってたくさん来ることになるだろうから、今のうちにコツを掴んでおきたいし。でもいきなり王国騎士団の使う武器を作れというのは荷が重すぎる。

いや、でも、傷薬の時と同じでこんな機会滅多にないよね。

それに宮廷錬成師様が直々に指導してくれるなんて、これを逃す手はあるまい。

「もちろん無理強いするつもりはないから、もう少し傷薬の方の錬成に集中したいっていうことならそれでもいいけど……」

「ううん、せっかくの機会だから、武器の方もやらせてよ！」

なにより私の作った武器も見てみたいと、待ち望んでくれている騎士がいるんだから。

というわけで私たちは、一緒に鉱石素材の採取へ行くことになった。


翌々日。

馬車に乗り、中継地点の村で一泊してから、徒歩で目的地に到着する。

カボス山――王都フレーズの北部に位置する山。

低級種から中級種までの魔物が多く蔓延っていて、危険な魔物領域として認知されている。

その一方で鉱石採取が可能な鉱山でもあり、魔物領域は無主地ということもあって採取家や鍛冶師が危険を冒して鉱石を掘りにくる場所でもある。

当然、錬成師にとっても貴重な素材の宝庫だ。

「ここなら剣の素材に使う魔物素材と鉱石素材を両方同時に採取できるんだ。距離も馬車と徒歩を合わせて一日だから割と近いし、僕はいつもここで武器素材を採取してるよ」

そんな場所にふたりで訪れて、クリムにあれこれ教えてもらいながら素材採取を進めた。

剣の錬成に使用する鉱石はどれとか、盾と鎧（よろい）の錬成に使用する鉱石はどれとか。それぞれ採掘しやすい場所も教えてくれて、早い段階でそれなりの素材を集めることができた。

「『鼠石（ねずいし）』が二十個、『光砂鉄（こうさてつ）』が五袋分。で、あとは魔物素材だけね……。山の上の方にいるって話だよね？」

「魔物の被害報告が特に多いのは上の方だから、そこを目指して進んで行こう」

というわけで私とクリムは、残りの素材採取のためにさらに山の奥へと進むことにした。

ふたりして岩肌の山道を歩きながら、私はふと思い出す。

「ポム村のすぐ近くにも、こういう小さな岩山があったよね」

「んっ？」

するとすぐにクリムは、思い出したように頷いた。

「あぁ、森の裏手にあった『怒鳴り山』か。懐かしいね」

そういえばそんな名前で呼ばれていたっけ。

山の岩肌にたくさんの石柱が立っていて、まるで髪を逆立てて怒る母親のような見た目から『怒鳴り山』と名付けられたって話だった気がする。あと、危ない場所だから、子供たちだけで入ると大人たちに怒られるという意味でもあったかな。

「子供の頃は入っちゃダメって言われてるところほど、入りたくなるもんなんだよねぇ」

「それでショコラを止めようとした僕まで怒られたっけな。いくら止めてもショコラが聞かないから」

「でもクリムだって楽しそうに山を探検してたでしょ。木の棒持って冒険者ごっことかしながら」

「うっ……」

クリムが気まずそうに息を詰まらせて、私は思わず顔を綻ばせる。幼少時の記憶が鮮明に蘇ってきて、当時の楽しかった気持ちを思い出してしまった。

「本当に懐かしいなぁ。昔はふたりでこうして……」

と、言いかけた私は、ハッとして言葉を切る。クリムとふたりで山を散策して、懐かしい気持ちに浸ったけれど、私たちは絶賛喧嘩中の間柄だった。

つい昔のように話しかけてしまい、私はなんだか申し訳ない気持ちになる。

「ごめん、なんでもない」

クリムも気まずかったのだろう、なんとも言えない顔で地面に目を落としていた。

というか困ったのではないだろうか。私が昔みたいな距離感で接してきて。

あの時のことがなければ、こんな空気感にだってならなかっただろうに。

どうしてクリムはあの時、お母さんのお墓参りを邪魔してきたのだろうか？

私のことを恨んでいて、その仕返しのために邪魔してきたのだと、私は今日までそう思っていた。でも、アトリエに拾ってもらって、色々なことを教えてもらう中で、やっぱりクリムは優しい人物だと改めてわかった。

だから今さら、強烈な違和感を覚えてしまう。

あの時、あのような心ない言葉をぶつけてきたのは、やはりクリムらしくないと。

『ショコラの母親はもう死んだんだ。そんなことしたって死んだ人間は戻ってくることはないんだよ』

本当に私のことが嫌いでそんなことを言ってきたのかな？

どうしてあの時冷たくしてきたのかな？　私になにか隠していることでもあるのかな？

もしそうなら、そこになにかしらの理由があるんじゃないのかな？

まあ、これはただの私の妄想だ。純粋に私のことを嫌っている可能性もある。もし仮になにか理由があったとしても、今までそれを黙ってきたのだから今さら簡単に話してくれるはずもない。

だから私は疑問を胸の奥に仕舞って、仕事に集中しようとしたが……

「あ、あのさ、ショコラ……」

意外にも、クリムの方から声をかけてきてくれた。

なにか言いたげな顔でこちらを見ていて、少し口籠っている。

その空気感から、なにか重要なことを伝えてくれるような感じがして、私は自然と身を強張らせた。

刹那――

「ゴゴゴッ！」

「――っ⁉」

山道の前方から、岩を擦り合わせるような重々しい声を放つ、人型の岩が迫ってきた。

「あれが……」

このカボス山にて多数の被害を出している魔物――『岩人（ゴレム）』。

別名『弾け岩』。

真っ黒な岩をいくつも重ねて作ったような人型の魔物で、成人男性を上回る大きさをしている。その巨体から繰り出される重たい一撃は言わずもがな、体が頑丈なことでも知られている。

それだけでも厄介だというのに、絶命時に爆発を起こして攻撃をしてくるそうだ。

ゆえに『弾け岩』と呼ばれている。

その岩人（ゴレム）が前方から五体も迫ってきて、私たちは会話を中断して身構えた。

「ショコラ、来る前に話したこと覚えてるな」

「うん、大丈夫」

「じゃあ、まずは僕が手本を見せるよ」

クリムはそう言うと、私の代わりに前に出てくれた。

岩人（ゴレム）の体を構成している岩からいい鉱石が採れるので、それを集めて武器素材にするらしい。

だから岩人（ゴレム）を討伐するのだけど……

「えっ、倒したら爆発しちゃうんだよね？　それじゃあ貴重な鉱石とか割れちゃうんじゃ……」

ここに来るまでに岩人（ゴレム）のことを聞いた私は、気になって思わず尋ねた。

倒さなきゃ鉱石を採取できない、でも倒したら爆発して鉱石が砕けるんじゃないかと。

「鉱石自体はかなり頑丈だけど、弾け岩の爆発が強力で鉱石が欠ける可能性は確かにある。そうなれば使い物にならなくなるから……」

クリムはそう言いながら、腰に携えていた長剣に手をかけた。

鞘(さや)から引き抜くと、青白い輝きを放つ美しい刀身が姿を見せる。

その長剣を逆手持ちにすると、力強く山道の地面に突き立てた。

瞬間、突き立った刃先から氷が迸り、岩人(ゴレム)たちの足元を一瞬にして凍りつかせていく。

氷を発生させて相手を凍結させる長剣。間違いなく錬成術によって生み出された錬成武器だ。

クリムは五体の岩人(ゴレム)の動きを止めた後、岩人(ゴレム)の一体に狙いを定めて剣を振りかぶる。まずは胸元を斬りつけて全身を凍結させて、次に唯一脆(もろ)いとされている首と胴体の接合部に剣を振り抜いた。

岩人(ゴレム)の首が宙を舞い、同時に本体が氷の中で消滅する。

噂のような爆発は起こさず、何事もなく討伐することができた。

今みたいに凍結させたり水で濡らしたりできれば、岩人(ゴレム)は爆発しない。だから雨の日は討伐と採取が楽だけど、こうして武器や魔法を使っても爆発を抑えることもできるそうだ。

実際に目の前で倒し方を見せてくれて助かる。

ていうか……

（クリムって、こんなに強かったんだ）

氷の欠片がキラキラと舞う中、滑らかな所作で青白い長剣を振るうクリムに、思わず見入ってしまった。素人目ながら、とても鮮やかな剣捌き（さば）だと思った。

息ひとつ切らさず、淡々と冷静に仕事をこなす姿は、熟練の職人のよう。喧嘩のやり方も知らないような、大人しい男の子だったあのクリムが、今はすごく大人びて見える。

その時、クリムの宝石のような碧眼と目が合い、私はハッと我に返った。

ほんの数秒とはいえ、完全に固まってしまっていた。

今は戦闘に集中するんだ！

「次は私が……」

そう言うと、クリムは頷いて後ろに下がってくれる。

直後、他の四体の岩人（ゴレム）が足元の氷を壊して再び動き出した。

私ひとりで倒せるようにならなきゃ、武器錬成なんて任せてもらえない。素材採取もひとりでできるようにならなければいけないので、私はそれを証明するために気合いを入れる。

「無理して一度に全員を相手することはないから。一体ずつ誘い出して確実に……」

と、クリムが助言をしてくれるが、私の体はそれを聞くより先に動いていた。

「【渦巻く水流――不快な穢れを――洗い流せ】――【水流（アクアフロー）】」

構えた右手の平に、青色の魔法陣が展開される。

直後、そこから大量の水が吹き出し、四体の岩人は大雨にさらされたかのように全身を濡らす。怒りに満ちたように勢いを増して迫ってくるけど、これで爆発はしない。

そうとわかるや否や、私は続けざまに魔法を放った。

「【濁りなき純水――汚れを知る者たちを――刃となって断罪せよ】――【水刃】」

瞬間、私の足元に魔法陣が展開されて、そこから四本の水の剣が飛び出した。

私の前後左右から現れた水の剣は、ひとりでに宙を舞って眼前の岩人たちの方へと飛翔する。

奴らはそれを叩き落とすように岩の腕を振り上げるが、高速のひと振りにより腕が斬り落とされた。

これは、私の意思で操ることができる水の剣。それを四本顕現させて攻撃できるこの魔法の名前を、【水刃】という。斬れ味と剣速は使用者の魔力によって左右されるが、どうやら私の魔力でも充分に岩人の体を切断できるようだ。

「任せたよ、剣たち」

四本の水の剣は迅速に岩人たちの体を斬り刻んでいき、ほんの数瞬で戦いは終わった。

バラバラにされた岩人たちは、灰となって風に攫われていき、消滅する。

後に残されたのは、奴らの体を構成していた岩の一部だけだった。

「これで、いいんだよね？」

振り返りながらクリムに問いかけると、彼は口をぽかんと開けながら、驚愕の表情で固まっていた。

予想外の反応に私も困惑してしまう。

忠告の通り、岩人は水浸しにして爆発をさせなかった。それでちゃんと討伐もできたんだけど……

「あれ……？　私、なにか間違ったことしちゃった？」

「いいや、ちゃんとできてたよ」

心配になってクリムに問いかけると、彼は苦笑しながらかぶりを振った。

ちゃんと討伐ができていたみたいでよかったけど、それならどうしてあんな反応をしたんだろう？

その理由を、クリムはおかしそうに笑いながら説明してくれる。

「いや、まさかここまでショコラが強いとは思わなくてさ。毎回、素材を採取してくるのが早かったのはこれが理由だったんだね」

「そ、そう……？」

「うん、王国騎士団に所属する魔術師に引けを取らないくらいの魔力だ」

えっ、そんなに……？

さすがにそれは言いすぎじゃないかと思ったけれど、クリムは至って真面目な声音で続ける。

「三年間、魔物討伐をさせられてたって言ってたけど、魔法は基本的に独学でしょ？」

「まあ、教えてくれる人なんていなかったし、前のアトリエの工房長なんて命令してくるだけだったからね」

「それなのにここまで戦えるなんて大したもんだよ。これは騎士団に誘われる日も近いかもしれないね」

「いやいや、それはさすがに冗談でしょ？」

ちゃんとした魔法指導を受けたら、王国騎士として活躍することも夢じゃないとクリムは続けた。

いくらなんでもそれは誇張しすぎだと思うけど……

私なんてただ、きつい魔物討伐を強制させられていただけの素材採取係だったんだし。

まあ、だからこそここまで魔力が成長したという言い方もできるけどね。

早く討伐して帰らなければ、首を切られる可能性があったから。だから私は必死に魔法の詠唱式句を覚えて、がむしゃらに戦ってきた。

……あの苦しかった日々が、皮肉にも私を強くしてくれたということなのかな。

「クリムの方こそ、戦い慣れしてる感じがしてちょっと驚いたけどね。村にいた時は別に喧嘩とかもあんまり強くなかったよね？」

「まあ、喧嘩するほど親しい人間もいなかったからね」

まずいことを聞いてしまったと遅まきながら悟る。

クリムは村で孤立している立場だったから、喧嘩なんてほとんどする機会がなかったはずだ。

そもそも村で孤立することになってしまったのは、私が原因みたいなところもあるし。

それなのに村にいた時のことを持ち出すなんて空気が読めていなすぎる。

ただ、特にクリムがそれについて言及することはなく、続けて説明してくれた。

「行商人の父さんと旅をしていると、嫌でも戦闘技術は身につくんだ。しょっちゅう危険な魔物領域に入ることになるし、衛士経験のある父さんからそれなりに剣も教えてもらったから」

そういえばかなり昔にそんな話を聞いたような……

クリムのお父さんは行商人になる前は、村の衛士をしていたと。

そのお父さんから剣を教えてもらいながら、旅に同行していたのであれだけ戦えるのか。

次いでクリムは、腰の鞘に納めていた長剣を抜き、それを掲げながら言う。

「それとこの武器のおかげで、今は魔物素材の採取もそこまで苦労してないって感じかな」

「それってお店に売ってるようなものじゃないよね？　クリムが錬成で作ったの？」

「そう、僕の自信作だ」

青白い刀身から美しい輝きを放っている上質な一振。見た目の麗しさもさることながら、斬りつけた相手を凍結させるなんてただの武器ではない。

思った通り、この長剣は錬成によって作り上げた特殊な武器のようだ。

「これまで前人未到だった氷雪地帯――『グラス雪原』。そこに探索に行って唯一生還した採取家が、グラス雪原の奥地で珍しい氷を拾ってきたんだ。それは普通の氷と違ってまったく溶けず、千年は溶けないだろうなんて噂が流れて『千年氷塊』って名前がついたんだ」

「もしかして、その千年氷塊を素材にしてその武器を錬成したの……？」

クリムは長剣を鞘に納めながら頷く。

「武器の錬成素材に用いると、凍結効果を付与することができるんだ。その分、高い素材理解度と錬成技術が必要になるから、ここまで鍛え上げるのに相当苦労したけど」

「よくそんな珍しい素材を手に入れられたね。千年氷塊なんて名前も聞いたことないのに」

「行商人の父さんとあちこち旅する中で、偶然手に入れることができてさ。父さんは売りたいって言ってたけど、僕が手伝いを頑張るって言ったら特別に譲ってくれてさ」

確かに行商人だったら珍しい一品と出会う機会は多そうだ。だとしてもそんな素材をここまで上質な武器に錬成できるなんて、またクリムの才能の凄まじさに圧倒されてしまう。

いや、才能じゃないのか。

クリムはそれだけ錬成術が好きで、真剣に向き合い続けてきたんだ。

私だって錬成術が好きな自覚はあるけど、クリムからはそれ以上の熱意と、執念のようなものを感じる。

私もいつかは、これくらいすごい錬成物を生み出してみたい。

錬成師として、クリムに追いつきたい。

「まあ、その話はいいとして、早いところ岩人が落とした鉱石を回収しよう。まだ少し量が足りないから、山の探索も続けなきゃいけないし」

と言って、クリムは鉱石を拾うように催促してくる。それを聞いて、私は鉱石を拾いに行こうとするけれど、寸前であることを思い出してしまった。

「そ、そういえば、さっきさ……」

「んっ？」

「私に、なんて言おうとしたの？」

問いかけると、クリムは驚いたように、わずかに目を大きくする。

岩人との戦いが始まる直前のこと。

昔のことを話題に出してしまい、クリムと微妙な空気になった。お互いに今は喧嘩中の身なのに、昔話に花を咲かせてしまいそうになってものすごく気まずかった。

でも、その時……

『あ、あのさ、ショコラ』

クリムはなにかを言いたげにしていた。

いったいなにを言いたかったのかは定かではない。ただ、あの声音からして、なにか重要なことを伝えようとしていたのではないだろうか。そう思った私は、思い切ってクリムに聞いてみることにした。

けれど……

「別に、なんでもない」

「……そっか」

もしかしたら、私の違和感を拭ってくれる〝なにか〟を、打ち明けてくれるかと思ったんだけど。

クリムの口からはなにも聞くことができず、また少し微妙な空気に包まれながら素材採取を進めたのだった。


カボス山にて素材採取を終えて、翌日の日暮れに王都に戻ってきた。

そしていよいよ武器の錬成に取りかかる。

使う素材は『岩人(ゴレム)の鉱石』と、岩山で採取した『鼠石(ねずいし)』と『光砂鉄(こうさてつ)』。

騎士団で使っている剣はこの三つを錬成素材にして作っているようだ。

鉱石の方は言わずもがな剣の刀身部分に使われるものだが、鼠石(ねずいし)の方は握りの部分として錬成に加える。

鼠(ねずみ)のような色と形をしていて、暗くてじめじめした場所にあるためこの名が付いた。一方で磨くと輝くような銀色を放つことで見映えがいいとされている他、柄の素材として用いると滑りにくくなる。

光砂鉄は刀身に練り込むことで耐久性の補強と見た目の美しさが増す。

そして岩人(ゴレム)の鉱石は、耐久性が高くて魔物の魔力が蓄えられているため強力な一振ができやすい。切れ味や頑丈さはもちろん、性質付与ができる錬成師が鍛治素材に用いると、通常以上の魔力を込められるため強い性質を付与できるのだ。

まあ私の場合は、素材そのものに強力な性質を付与できているからあんまり関係ないけどね。

ちなみに今回採取した素材にも、相変わらずとんでもない性質が付与されていた。

◇岩人(ゴレム)の鉱石
詳細：岩人(ゴレム)の体を構成していた鉱石のひとつ
　耐久性が高く魔力が蓄えられている
　鍛治や調合による加工は難しい
性質：鋭利性強化（S）

◇鼠石(ねずいし)
詳細：鼠のような灰色と形が特徴的な石
　磨くことで鮮やかな銀色の輝きを放つ

性質：耐久性強化（S）

◇光砂鉄（こうさてつ）
詳細：暗所で光を放つ砂鉄
　製鉄に用いると輝きを宿す鉄が作れる
性質：自動研磨（S）

「鋭利性強化に耐久性強化、それに自動研磨まであるのか……。武器錬成に最適な性質ばかりだね」

感心しているのか呆れているのか、クリムが苦笑を浮かべながらそう言った。

私はまだ性質のことがよくわかっていないので、どれほど貴重なものなのかは理解できていないけど。

とりあえず、さっそく刀身部分の錬成修業に取りかかることにした。

まずはクリムが錬成のイメージを教えてくれる。

鉱石の変形、剣の形状、不純物の除去など。

手元に見本を用意し、丁寧に説明してくれた。おかげで私は錬成のイメージを早く吸収することができたので、すぐに実際の錬成に取りかかることにする。

けれど……

「う、うまくいかない……」

予想以上にうまくいかなかった。

剣がイメージ通りの形にならず、ブサイクな木の枝みたいになってしまう。

これは鉱石の変形と素材が組み合わさるイメージがうまくできていないということ。岩人(ゴレム)の鉱石と光砂鉄(こうさてつ)が綺麗に混ざり、刀身として形が変化していくイメージが定まっていないのだ。

クリムが作ったお手本の方は透き通るような銀色の刃で、形も綺麗なのに。

それでも私は諦めずに、失敗作に繰り返し錬成魔法をかけていく。

「魔力が枯渇するまで、何回でもやり直しができるから。失敗してもまた錬成し直して、それで感覚を掴んでいって」

「わ、わかった」

錬成の修業はひとつ分の素材があれば、何度でも繰り返し行える。錬成に失敗して想定外のものができあがっても、失敗作をまた錬成し直せばいいから。

繰り返し錬成を行っていく中で、錬成の感覚や素材の理解度を高めていくのである。

「一度錬成したものって、別の素材とかけ合わせて錬成するのは相当難しいって言われてるんだよね？」

「『錬成物を錬成の素材にするのは難しい』っていう錬成師の間の常識だね。それがどうかした？」

「でも錬成したものをそのまま錬成し直すのは簡単にできるんだなぁって思ってさ。この失敗作も一応は錬成物でしょ？」

クリムは咳払いをひとつ挟むと、私の疑問に対して的確な回答をくれた。

「そもそも錬成物を錬成の素材にするのが難しいのは、錬成物の構造が人間の頭では理解できないからって言われてるんだ」

「錬成物の構造？」

「錬成術は素材をよく理解していないと成功しないって言うだろ？　だから構造が複雑な錬成物を錬成素材にするのはすごく難しいんだよ。僕たちの頭じゃ、複雑な錬成物と他の素材が交わるイメージが持てないから」

確かに、錬成でできあがったものと他の素材が交わるイメージはまったくつかないな。

だから錬成物を他の素材とかけ合わせて、新しい錬成物を生み出すのは難しいのか。

「でも、錬成したものをそのまま錬成し直すのは簡単にできる。別の素材を混ぜ合わせるわけじゃなくて、単に形を変えるだけだから難しくはないって言われてるんだ」

「だから錬成を繰り返して、錬成の感覚と素材の理解度を高めていくのが『錬成修業』……か」

私は作業机に置かれた失敗作に目を落とす。

素材一式で修業ができるのはすごくありがたいことだ。これで望み通りのものが完璧に作れるようになるまで錬成を繰り返していく。あとは手本を見たり触ったりして形を覚えることも大切らしいので、クリムが作った剣もよく観察しておこう。

今は歪な木の枝みたいな剣だけど、修業していけばまともな見た目に変わっていくはずだから。

「僕も最初はそんな感じだったけど、割とすぐに使い物になる武器は錬成できたからそこまで時間はかからないと思うよ」

「……それはクリムが天才ってだけじゃないの？」

感覚の掴み方とか速さはさすがに個人差があるので、クリムがすごいだけな気がする。

「僕の才能はどうか知らないけど、どんな錬成師も少なくとも二週間以内には感覚が定まるって言われてるよ。実際、その辺りが原因で錬成師は『鍛治師泣かせ』とも言われてるくらいだからね」

「あぁ……」

それは私も聞いたことがある。

錬成師の手がけた武器や防具がかなりの上等品で、しかも短時間でできあがるため鍛治師泣かせの職業だと。加えて鍛治師を育てるよりも短い期間で武器の錬成ができるようになるので、鍛治師にとって錬成師の台頭は痛手になっているようだ。

「でも鍛治師の品がすべてにおいて劣ってるってわけでもないよ。鍛治師には鍛治師にしか出せない職人の色とかあるし、鍛治師作品にこだわる人もいるくらいだから」

「そういう人たちも振り向かせられるような、すごい武器を錬成できるようになれたら一番だね」

いつか自分のアトリエを持った時、たくさんの人たちに自分の作品を買ってもらいたいから。

そうなった時のことを妄想して人知れず微笑んでいると、不意に隣に立つクリムの横顔が目に入った。宝石のような碧眼と長いまつ毛に目を奪われる。

こうして近くで見ると、本当に大人っぽくなったよね。しかも今は爵位付きの宮廷錬成師。

そのクリムに付きっきりで錬成術を教えてもらえているなんて、改めてありがたい環境だ。

いつか、錬成師としてクリムに追いつけるかな。

これだけ繊細で美しい剣を作れるような錬成師に、私もなりたい。

「んっ？　どうかした？」

「あっ、ううん。なんでもない」

どうやら長く見つめすぎていたらしく、クリムが怪訝な顔をする。

ハッとして手元に視線を戻すと、私は一層気合いを入れて、武器錬成の修業を再開させたのだった。

第五章　前進と再会

武器錬成の修業を始めて一週間。

クリムの言った通り、短い期間ですっかり感覚を掴めた。

錬成術は誠に恐ろしい技術である。私はすでに、騎士団用の剣を大量に錬成していた。

近衛師団と討伐師団の数人にも試し斬りをしてもらって、かなりの好評をもらっている。

「傷薬に続いて武器にまでおもしろい性質が付いてて、みんなすごくショコラちゃんの武器を気に入ってるよ」

近衛師団の師団長ムースさんからもそんな報告を受けた。

そう、私が手がけた剣には傷薬同様、特殊な性質が付与されている。そこを評価されて、今は大量に錬成依頼をもらっているのだ。

◇黒石の直剣
詳細：岩人（ゴレム）の鉱石を素材にした直剣
　深みのある漆黒の刀身が特徴的

軽量でありながら耐久性に優れている
状態：良
性質：鋭利性強化（S）耐久性強化（S）自動研磨（S）

『鋭利性強化』は刃が付いている武器の鋭さを増してくれる。そのSランクの性質が付与されているため、どのような魔物も簡単に切り裂くことができるのだ。

ちなみに取り扱いには注意が必要である。

『耐久性強化』は文字通り武器の耐久性を底上げしてくれる性質。これのおかげで簡単に壊れることがなく、錆びつきにくいということもあって騎士たちからはかなり好評だ。

『自動研磨』については手入れの手間が完全になくなるということで重宝されている。いくら鋭利性強化の性質が付与されているといっても、使い込んでいけばいずれ刃こぼれしていく。しかしこの性質があるおかげで刃は自動的に磨かれて、常に最高の切れ味を保つことができるようになっているのだ。

極限まで鋭さを増した、簡単に壊れることのない、手入れいらずの規格外の直剣。

それが私の錬成した武器――ショコラの『黒石の直剣』である。

「初めはみんなも、見習い錬成師が手がけた武器なんか使い物にならないって見向きもしてなかったんだよ。傷薬の時もよく思わない人たちが多くて、クリム君の作った品じゃなきゃ受け付けないってね。でも、少しずつその認識も変わってきた」

ムースさんは私が手がけた黒石の直剣を見つめながら、笑みを浮かべて続けた。

「今じゃ、一部の騎士たちはすっかりショコラちゃんのファンになっててね、早く別の品を見てみたいって言ってるんだよ。俺もそのうちのひとりだしね」

「そ、そうなんですか……」

「それに今回作ってくれた剣なんか、特に面倒くさがりの俺にぴったりの武器だからね。これからもこういう便利な品を期待してるよ」

みんなが、私の作ったものを見てみたいって言っている……それは錬成師冥利に尽きるというものだ。

今まではブラックなアトリエで素材採取係としてしか活動していなかったから、こうして錬成師として認めてもらえるのは素直に嬉しい。

ちなみに私の作った剣の中には、『炎属性付与（S）』で斬撃に火炎を纏わせるものや、『筋力強化付与（S）』で装備者の筋力を上昇させるものもある。

それらの特殊な性質を付与された剣も、騎士団内で話題になったそう。

ただ、そんな感じで性能にかなりのバラつきがあるから、騎士団全体での採用は見送られるそうだ。

やはり安定感と信頼性を考えるとクリムの作った剣の方がいいということらしい。

訓練で剣を使用する際も、性能にバラつきがあったら意味がないし。

それでも充分にクリムの仕事量を削減させることはできているみたいで、クリムはやりたがっていた錬成術の研究にわずかながら時間を割けるようになっていた。

今も自分の作業机の方で、私とムースさんが話していることなんか気付いていないように研究に没頭しているし。こうしてアトリエで修業させてもらっている身だから、少しでも役に立てているみたいで本当によかった。

「じゃあ引き続き、傷薬と武器の錬成、よろしく頼むよ」

「はい、わかりました」

というわけで私は、クリムのアトリエの手伝いとして少しだけ前進したのだった。

さて自分の作業机に戻って錬成作業を再開しようかな、と思っていると……

「あっ、そういえばショコラちゃん」

「……はいっ？」

アトリエから立ち去ろうとしていたムースさんが、不意に足を止めてこちらを振り向いた。

「町の冒険者たちから、武器錬成の依頼が届いてるよ」

「えっ？」

唐突にそんな話を持ちかけられて、私はぽかんと口を開けた。

冒険者？　どうして町にいる冒険者たちから依頼を持ちかけられているのだろう？

「町を巡回する守衛騎士の武器を見て、冒険者が興味を持ち始めたんだ」

「守衛騎士の……？　ってことは、私が作った『黒石の直剣』ですか？」

「そう。で、それを作ってるのは宮廷錬成師のところで手伝いをしてる見習い錬成師だってことを話したら、依頼をしたいって冒険者がたくさん出てきてね」

すでに守衛師団の大部分が私の作った剣を装備している。だから町にいる冒険者たちの目に触れる機会も当然あり、それで剣に興味を持った人たちが依頼してきたってことか。

確かに私が作る武器は、複数の強力な性質が付与されていて、安定性よりも爆発力が目立っている。

そういう尖った武器って、冒険者たちが好きそうだもんなぁ。

「宮廷錬成師は宮廷に雇われてるから、よそ向けの依頼を受けることは禁じられてる。でもそのお手伝いちゃんなら問題ないってことで一応持ち帰ってきたんだ。ショコラちゃんも錬成師として名前を売るチャンスだと思ったし」

「な、なるほど」

そっか、私は宮廷に雇われているわけじゃなくて、あくまでただの手伝いだ。

だから別によそからの依頼を引き受けても文句を言われることはない。工房長のクリムがダメと言えば引き受けることはできないけれど、別に引き止めようとしてくる気配もないし。

それどころか、クリムはしっかりと話を聞いていたらしく、肯定的なことを言ってくれた。

「いい機会だから引き受けてみなよ」

「クリム……」

「ショコラが錬成師として依頼を受けたんだから、引き受けるかどうかはショコラ自身が自由に決めていい。今受け持ってる仕事に集中したいんだったら断ってもいいし」

そう言われて、私は思わず顔をしかめて考え込む。

確かにムースさんの言う通り、これは錬成師として名前を売る絶好の機会だ。

これで私の武器が冒険者たちの手に渡り、活躍してくれたのなら、一気に錬成師ショコラの名前が世に知れ渡ることになる。

ただ、今の仕事に集中したいというのも本当のところだ。

正直、かけ持ちをしてどちらかが疎かになってしまわないか心配である。せっかく騎士団の人たちに認めてもらえてきているのに、ここで大きな失敗はしたくない。

と、不安に思っていると……

「もしそっちの依頼が忙しくなって、騎士団の方の仕事に手が回らなくなってきたら、その時は僕がフォローするよ」

思わぬ助け舟を出されて、私は驚いて放心してしまった。

クリムがフォローしてくれるのはすごくありがたいけれど、工房長にそんなことをしてもらっていいのだろうか？　あくまで手伝いは私の方なのに。

「もしかしたらこれをきっかけに、錬成師ギルドで広まってる悪い噂も解消できるかもしれないし。いつまでも悪評が流れてるのも気分が悪いだろ。僕だって自分のところの手伝いが破門を受けた落第生なんて言われ続けるのは嫌だし、アトリエの評判に関わるかもしれないから」

「……そ、そう？」

クリムはアトリエの評判なんて気にしていないと思う。

なんだかそれは、私に手を貸すための口実のように聞こえた。

耳障りな評判は取り除いておくに越したことはないのは当然だけど、多分純粋に私のことを思って手を貸そうとしてくれているんだ。

……やっぱりクリムって、アトリエに拾ってもらってから度々思っていたけど、すごく優しい人だよね。いがみ合っている仲っていっても、気遣ってくれるし錬成修行も付きっきりで見てくれるし。

改めてクリムの優しさに触れて、私は胸の内にほのかな熱を感じる。

その熱の正体がなにかわからなかったけど、とりあえずクリムの言葉に甘えてムースさんに頷きを返した。

「わかりました。冒険者からの依頼、引き受けてみます」

「それじゃあ、城門のとこの守衛室に行ってみなよ。そこに依頼が届いてるって話だからさ」

というわけで私は、騎士団の武器錬成に続いて、今度は冒険者の武器も錬成することになった。

さっそく守衛室に行ってみると、冒険者から色々な武器の錬成依頼が送られてきていた。

近衛騎士や守衛騎士たちが装備しているような剣の他に、槍や斧など。

また、かなり特殊な形状の武器を所望する依頼も中にはあった。鎖がついている鎌とか、大きなフォークみたいな三叉槍とか、爪で引っかくように攻撃できる鉤爪とか……

当然私はそれらの錬成の経験がないため、クリムに感覚を教えてもらいながら武器錬成をすることになった。

「冒険者って変な武器使う人が多いの？」

「使う武器に規則はないからね。だから古今東西、あらゆる国の武器をみんな使っている。もちろん錬成師はそれらの武器を作るように依頼を受けるわけだから、今からでも知見を広げておいた方がいいよ」

クリムは商人のお父さんと色んなところを旅していたから、かなり知識は豊富な方だ。だから色々な武器や道具について知っていて、錬成術の腕もあるから簡単に手本を作ってみせた。

そういうことをさらりとやられると、否応なく実力の差を感じさせられてしまう。

……ていうか、複雑な武器の数々を、サッと作っていくクリムの手捌きは、正直カッコいいと思えた。

クリムのことをカッコいいなんて思う日がくるとは……

さすがは天下の宮廷錬成師様。私もこれくらい軽快に複雑な武器を作ってみたいな。

そんな風にクリムの助けもあるおかげで、私は順調に錬成依頼をこなしていった。


それから一週間ちょっとが経過。

冒険者からの依頼を引き受けているうちに、次第に町で自分の作った武器を見かける機会も増えてきた。

私が錬成した武器を、町の冒険者が背負って歩いている。

その様子を見て、私は密かに歓喜の笑みを浮かべた。

まだ自分のアトリエを開いたわけじゃないのに、自分の作ったものが誰かの手元に届いている。

王国騎士の人たちにも傷薬や剣を使ってもらっているけれど、あれはあくまで宮廷錬成師シュウの手伝いとして作ったものだから。個人的に引き受けた依頼で武器を作って、それを使ってもらうというのはこんなにも嬉しいことだったんだ。

ちなみに町中では、冒険者同士のこんな会話を聞いたりもした。

「あれ、お前武器新調したのか？」

「そうそう。錬成師に依頼して昨日受け取りに言ったんだよ。ほら、見習い錬成師のショコラって知ってるだろ？」

「あぁ、あの宮廷錬成師のとこにいるっていう……」

ギルド近くにいた冒険者ふたりが、私について話をしていた。

「噂通りやべえ性質ばっか付いててさ。試しに今朝、ブールの森に魔物討伐しに行ったんだけど、今まで手こずってた樹人（トレント）を一撃で倒せたんだよ！　お前も武器新調しようか悩んでるって言ってたし、見習い錬成師ショコラに頼んでみたらどうだ？」

「へぇ、かなりよさそうだな」

そんな風に見習い錬成師ショコラの名前が密かに広まり始めている。

正直嬉しい気持ちよりも恥ずかしい気持ちの方が大きいから、あまり話を大きくしないでほしいけど。

ちなみに依頼品の受け渡しは守衛に任せているから、私は顔を知られていない。

だから変に注目されることはなく、そこだけは幸いだった。

そして嬉しい知らせがもうひとつ、アトリエで作業中にクリムから伝えられた。

「錬成師ギルドで流れてたショコラの悪評、少しずつ解消されてるみたいだね」

「えっ、そうなの？」

「実際にショコラの武器を使って大型の魔物の討伐依頼を達成した冒険者がいるみたいだよ。その人の宣伝の効果もあって、今度は逆にショコラを評価する声があがってるって守衛騎士が言ってた」

「……そう、なんだ」

思いがけないことを聞かされて、じわじわと嬉しさが込み上げてくる。

錬成師ギルドで広まっていた噂までなくなってきているんだ。

一時は王都での錬成師活動すら危ぶまれたっていうのに……

今でも鮮明に受付の女性から言われたことを思い出せる。

『ショコラ様の噂が、すでにギルド内に流れております。徒弟の引き受けをしているアトリエからはすべて志願拒否をされております。ですのでギルド側からご紹介できる場所はひとつも……』

それが今は、噂も消えかけていて、こうして町の冒険者たちにも話題にされている。

ブラックなアトリエでこき使われて、錬成師人生を台無しにされた私が……

「嬉しそうだね、ショコラ」

知らずのうちに笑みが浮かんでいたらしく、クリムに言われて遅れて気が付く。

見ると、彼までどこか嬉しそうな顔をしていて、私の吉報を自分のことのように喜んでくれているのがわかった。

クリムの優しさに、私は胸を熱くしながら頷きを返す。

「……うん。錬成師として実力を認めてもらうのって、こんなにも嬉しいことなんだね」

それもこれも全部、目の前にいる幼馴染のおかげなんだと思うと、たとえようのない気持ちが湧いてくる。

「改めて、本当にありがとう、クリム。クリムのアトリエに拾ってもらってなかったら、私は錬成師を続けられてなかったと思う。夢を叶えることも、できてなかったと思うから」

「……お礼を言うのは、その夢を叶えてからの方がいいんじゃないかな。それもそう遠い話じゃないだろうし」

それもそうだね、と返してから、私は素材採取のためにアトリエを出た。

これなら自分のアトリエを持った時も、問題なくお客さんは来てくれるだろう。

クリムのアトリエにいる間に、悪評を解消できて本当によかった。このままクリムのところで修業を続けたら、わずか三年で品評会への出品もできるみたいだし。

風向きは間違いなくよくなってきている。

「お母さん、もう少しだよ」

もう少しで、お母さんの夢だったアトリエを開くことができるよ。

お母さんがすごい錬成師だったってことを、みんなに伝えられるよ。

そのためにもっと知名度を上げておこうと思って、足早にブールの森に向かっていると……

「ショコラ」

町を出る直前、不意に後ろから声をかけられた。

まさかついに顔までバレてしまったか？　なんて焦りながら振り返ると……

「えっ……」

そこには、思いがけない人物がいた。

私の噂を聞きつけて声をかけてきた人ではない。以前から私のことを知っている人物。

どうして今さら、この人が私に声をかけてくるのだろうか。

「やっと見つけたぞ、ショコラ……！」

「バ、ババロア、様……」

以前の師範――ババロア・ナスティがそこにはいた。

『素材集めもろくにできない無能はここから出ていけ』

およそ一カ月前に、私をアトリエから追い出して、悪評まで広めた張本人。

なんで今さら、私の前に現れたのだろう？

それにさっき、『やっと見つけた』って言っていた。

私のことを捜していたような口ぶりに、なおさら疑念が強まる。なにより以前と打って変わって、全体的にやつれて目も血走っている彼の様子に、恐怖を覚えた。

「な、なんの用、でしょうか」

罵詈雑言（ばりぞうごん）を受けていた過去がトラウマになっており、声が震えてしまう。

それでもなんとか言葉を絞り出すと、ババロアは耳を疑う台詞を返してきた。

「ショコラ、俺のアトリエに戻ってこい！」

「はっ？」

アトリエに、戻ってこい？　この男は、いったいなにを言っているの？

自分からアトリエを追い出したくせに。

「な、なんで今さら、そんなこと……」

「お前、俺に力を隠していたな！」

「えっ？」

ババロアはそう言って、自分の懐に手を入れる。そこから黒いなにかを取り出すと、前に突き出して私に見せつけてきた。

私は思わず息を詰まらせる。

黒くて湾曲した、動物の角。それは、炎鹿（ブレイズバンビ）の黒角だった。

「それって……」

「お前が採取してきた素材だ。これには規格外の性質が宿っている。この力のことを、お前は今まで黙っていたんだな！」

ババロアは憤慨した様子で鼻息を荒くしている。

どうやら私が持っている称号の力に気が付いたらしい。

となれば、ババロアが私のことを捜していた理由にも大方の予想がつく。

私を追い出して以降、ババロアのアトリエの名前はあまり聞かなくなっていた。

おそらく、ババロアの錬成物の質が大幅に低下したのだろう。それが原因で客足が遠のき、今になって私の力に気が付いたババロアが、必死になって捜していたのだ。

また素材採取係として、アトリエに連れ戻すために。

「なぜ今までこの力のことを黙っていた！」

「な、なんのことを言っているのですか。私には別に特別な力なんて……」

「ごまかそうとしても無駄だ。俺が手掛ける錬成物の質が落ちたのと、お前を追い出した時期は完全に一致している。なにより特殊な性質が付与された武器を量産している見習い錬成師ショコラの噂が、冒険者の間で広がっているのだ！」

下手にシラを切ろうとしたため、却って（かえって）ババロアの怒りを買い、視線がより鋭くなる。

ごまかすのは難しそうだ。というか危険が伴っている。ただでさえ力を隠していたと思われているため、これ以上迂闊（うかつ）なことを言って怒らせたらなにをされるかわからない。

でも私だって別に、この力のことを黙っていたわけじゃないのに。

ババロアのアトリエにいた頃は、本当に自分の力のことを知らなかったんだ。まさか素材採取係をしていただけで称号を授かっているなんて思わなかったから。

しかも自分が採取した素材に、とんでもない性質を付与していたなんていったい誰が気付けただろう。

それによってババロアの活躍を陰で支えていたなんて、もっと想像がつかないこと。

ババロア自身も、他の職人たちも、私でさえ、アトリエが繁盛していたのはババロアに実力があるからだと思っていたのだから。

「いや、そのことはもはやどうでもいい。それよりもさっさと俺のアトリエに戻ってくるんだ」

「戻ってこいって言われても……」

「俺のところでまた素材採取係をやらせてやると言っているんだぞ。いいからさっさとついてこい！」

ババロアはそう言いながら、私の手を取ろうとしてくる。

強引なその様子を見て、罵られていた時の記憶が蘇り、私は全身を強張らせてしまった。

逃げられない。逆らえない。この人の言いなりになるしかない。

これまでも、これからも、私はずっと……ババロアの道具なんだ。

『じゃあ、僕のアトリエで働いてみないか？』

瞬間――クリムの声が頭の中に響いて、私は咄嗟に手を引いた。

ババロアの手が空を切り、奴は不機嫌そうに顔をしかめる。威圧感のあるその表情に、またも身が竦んでしまいそうになるけれど、私は意を決して言い返した。

「……嫌、です」

「あっ？」

「嫌、です……！　私は絶対に、あのアトリエには戻らない！」

語気を強めてそう言うと、ババロアは驚いたように目を見張った。まさか私が反抗的な態度を取るとは考えていなかったのだろう。

確かに昔の私だったら、ババロアに逆らえずに言いなりになっていたと思う。

でも、今は違う。私はもう、ババロアのアトリエの素材採取係じゃない。

クリムのアトリエの見習い錬成師だ。

あんな苦い記憶しかないアトリエには、絶対に戻ってやらない。

確固たる意思を主張するようにババロアを鋭く睨みつける。

険悪な雰囲気を感じ取ってか、横切る人たちがわずかに視線を向けてきた。そんな中、その視線を気にする余裕もないくらい、ババロアはひどく怒りに打ち震える。

「ふ、ふざけるなよ、ショコラ！　三年間面倒を見てやったのを忘れたのか！」

「面倒を、見た……？」

これまた耳を疑う言葉をかけられる。

それがきっかけとなって、いよいよ恐怖の気持ちが怒りの感情へと変化していった。

「〝面倒を見た〟って、あれで面倒を見ていたつもりだったの？」

「……なんだと？」

「三年間、ろくに錬成術を教えないで、素材採取ばかりやらせてたくせに。寝ぼけたこと言わないで！」

　私は胸に秘めていた怒りを、爆発させるようにババロアにぶつける。

「休みもほとんどない。修業の時間だって設けてもらえない。挙句の果てに使い潰されてアトリエを追い出された。それでよく〝面倒を見た〟なんて恩着せがましいことを言えたわね！」

　横を通り過ぎていく通行人たちの視線も気にせず続ける。

「理不尽に徒弟を破門されたせいで、ギルドに悪評が広まって他のアトリエにも相手にされなくなった。一時は本当に夢を諦めかけるところまで追い詰められて、私は三年間を無駄にされかけたのよ……！　それなのに今さら、あんたのところに戻るわけないでしょ！」

　そして脳裏にクリムのことを思い浮かべながら、完全に拒絶するように睨みつけた。

「それに私はもう、別のアトリエで手伝いをさせてもらってるの。だからもう二度と私に話しかけてこないで」

　言いたいことだけをぶつけて、私はすぐさま背を向ける。

　そのまま立ち去ろうとすると、ババロアの焦る様子が背中越しに伝わってきた。

「ま、待てショコラ！　まだ話は終わってない！　今ならまだ聞かなかったことにしてやるから、もう一度よく考えて……」

「ついてこないで！」

　私は振り返ることもなく、素材採取に向けて町を出ていった。

＊＊＊

「クソッ！」

ショコラと再会した後、自身のアトリエに戻ってきたババロアは、部屋に入るなり卓上に置いていた道具を床にぶち撒けた。

それらを片付けてくれていた職人や徒弟たちも、アトリエの不調で八つ当たりをするように追い出してしまったため、今ではひとりも残っていない。

彼らもすでに別のアトリエに拾われたらしいと聞いたので、今さら戻ってくる可能性は微塵もなかった。

客も来ないせいでアトリエは閑散としていて、ババロアの信頼は地の底まで落ちている。

「見習い錬成師の分際で楯突きおって……！」

今まであのような態度を示してきたことは一度もなかった。

あの言いなりだったショコラが、よもや反抗してくるなんて。

まるで飼い犬に手を噛まれたような気分になり、ババロアの怒りはさらに燃え上がっていく。

このままではまずい。失ってしまった客たちを取り戻すことができない。なんとしてもショコラに素材を集めさせなければ。

今ではババロアが自分自身で素材を集めて、錬成作業を行っている。錬成物の質が落ちたのもそうだが、作業効率まで悪くなったせいで余計に盛り返すのが難しくなってしまったのだ。

「ショコラさえ、ショコラさえいれば……！」

作業効率がよくなり、また前のような錬成物を生み出すこともできるようになる。

ババロアのアトリエの復興に、ショコラ・ノワールは絶対に欠かせない人物なのだ。だから
なんとかしてショコラを連れ戻す方法を考えるが、うまい方法は簡単には見つからない。

あの様子からしてこちらの言葉には耳を傾けないだろうし、恫喝も効果がなかった。

ならいっそ、ショコラが採取した素材を強引に奪うか？　いや、一度は成功するだろうが、
その後は警戒されて強奪できなくなる。結局はその場しのぎにしかならない方法だ。

やはりショコラはまた素材採取係としてアトリエに縛りつけたい。

「なんとしてもショコラを、俺のアトリエに……」

ババロアは散らかった部屋の中心で、金髪をかきむしって考え込む。

しかしいい案が思い浮かばずに、ババロアは怒りのままに目についたものを床にぶち撒けた。

「こうなったら力尽くでも……」

そんなことを考え始めたババロアの視界に、ふとひとつの錬成物が映り込む。

ショコラがまだ素材採取係をしていた頃に、依頼を受けて作ったけれど、危険な性質が付い
てしまったため、売り物にならなかった品だ。

ババロアが暴れた衝撃で棚から落ちたようで、それを見た彼はハッとする。

「これを、使えば」

追い込まれた男が考えついた、悪魔的な方法。

この錬成物を使えば、ショコラをまたこのアトリエに縛りつけることができる。

元はこの錬成物もショコラが採取してきた素材で作ったものだ。

ショコラは自分自身の力のせいで苦しめられることになるのだと思い、ババロアは久しぶりに愉快な笑みを浮かべた。

第六章　迫りくる悪意

「あっ……」

素材採取から戻ってきて、クリムに指導を受けながら冒険者の武器の錬成をしているが、思うように錬成ができず失敗ばかりを繰り返してしまう。

注文書には湾曲する曲剣と書かれているけれど、うまく集中できなくて波打つような形の剣ができる。

「ご、ごめん。また失敗しちゃった」

「いや、別に謝る必要はないけど」

せっかく教えてもらっているのにまるで上達しないので、申し訳ない気持ちでいっぱいになる。こうも失敗続きになっている原因は自分でもわかっている。

素材採取に向かう途中で再会したある人物のことが、いまだに脳裏に残っているからだ。

『ショコラ、俺のアトリエに戻ってこい！』

まさか今さらババロアからそんなことを言われるなんて思わなかった。

いや、クリムも言っていたように、今までのババロアの活躍はすべて私が持っている『孤独の採取者』のおかげだったのだ。

それに気付いたとなれば、アトリエを復興させるために私を連れ戻そうと考えても不思議ではない。もしかしたらまだ諦めてはおらず、またどこかで声をかけてくるかも……そんな不安が頭の片隅にあるせいで、錬成術に集中し切れていなかった。

「ショコラ、どうかした？」

「えっ？」

さすがに違和感を抱いたらしいクリムが、顔を覗き込みながら問いかけてくる。

私は慌ててかぶりを振って取り繕った。

「い、いや、なんでもないよ」

「……そっか」

クリムはそう言って、引き続き錬成のイメージを丁寧に伝えてくれる。

そうだ、今はこっちに集中するべきだ。せっかくクリムが研究の時間を割いて教えてくれているんだから。

それにまた声をかけられたら、何度でも同じように拒絶すればいい。私はあのアトリエに戻るつもりは一切ないから。

私の今の居場所は……

「で、複雑な形状の武器は、実物を見たり触ったりしながら錬成を繰り返すのが効果的で……」

説明を続けているクリムの横顔を、静かに見つめながら私は思う。

私はまだ、クリムのアトリエで学ばなきゃいけないことがある。

それに、クリムがあの日言いかけたことを、聞かなくてはならない。

だからここを離れるわけにはいかない。

私は改めて決意を抱き、わずかに芽生えていたババロアへの恐怖心を振り払ったのだった。

＊＊＊

翌朝。

クリムがひとり、アトリエで作業をしていると、とある騎士が訪れた。

「やっほー、クリム君」

近衛師団の師団長ムース・ブルエである。クリムが軽く会釈をすると、ムースはアトリエ内を見回して首を傾げた。

「あれっ、ショコラちゃんは？」

「ついさっき素材採取に出かけましたよ」

「へぇ、今日は随分と早いんだね？　ショコラちゃん宛ての依頼書を持ってきてあげたんだけど」

そのついでにサボりに来たのだとクリムは密かに悟る。

ショコラの代わりに依頼書を受け取ると、再びムースに問いかけられた。

「こんなに朝早くから出ないと集められない素材を採取しに行ったとか？」

「いいえ、別にそういうわけでは……」

確かにこの時間から素材採取に行くのは珍しい。いつもはもう少し日が高くなってから宮廷を出るので、それを知っているムースが疑問に思うのも無理はない。

「昨日は錬成の調子があまりよくなくて、その遅れを取り戻すために今朝は気合いが入っていたみたいです」

「あぁ、なんか昨日は色々と頑張ってたもんねぇ」

そう、昨日は武器錬成があまりうまくいっておらず、仕事がほとんど進んでいなかった。その様子は、昨日もサボりに来ていたムースも知っている。

だからその遅れを取り返すために早めに素材採取を終わらせようと、早朝にアトリエを出たのである。

ここ約一カ月、一緒に活動をしてきたが、ショコラがこのように調子を崩すのは初めてだ。

だからクリムは密かに疑問に思っていた。

「ムースさん、なにか知りませんか？」

「えっ、なにが？」

「ショコラの調子が悪い原因とか」

「うーん、いや、特になにも思い当たらないけど。ていうか、いつも一緒にいるクリム君が知らないのに、俺が知るわけないだろ」

ムースは心底おかしそうに笑う。

自分も言った後で、『いったいなに聞いてるんだろう』と思わず呆れてしまった。一緒にいる時間が長いのはこちらの方なので、自分が知らなければ他の人が知らないのも当然である。

「ショコラちゃん自身には聞いてないのかい？」

「聞きましたけど、なんか調子が出ないとしか……」

「なら本当にそうなんじゃないかな」

クリムは難しい顔をして考え込む。

ムースの言う通り、本当にそれだけなのかもしれない。錬成術の調子が狂うことなんて一流の錬成師でもあることだし、なにより本人が言っていることなのだから。

しかしクリムはそれだけでは納得し切れずに、頭に引っかかりを覚えていた。

「それに今朝は気合いが入ってたんでしょ？　ならそれでいいんじゃないかな？」

「まあ、それもそうなんですけど、気合いが入りすぎて空回りしないかどうか……」

「ふぅーん……」

「……な、なんですか？」

「いや、なんだかんだ言っても、やっぱりショコラちゃんのことは色々と心配してるんだなって思ってさ」

　ムースに意味ありげな視線を向けられる。

　その視線から逃れるように目を逸らしながら、クリムはなにかをごまかすように返した。

「……まあ、手伝いがいなくなったら面倒ですから」

「ははっ、素直じゃないな」

　やはりこの人と話していると調子が狂うとクリムは思う。

　なんだかうまいように色々と誘導されて、言わなくていいことまで言わされてしまうのだ。

　それでもそこまで悪い気もしないので、本当にずるい人だと密かに毒づく。

「その様子じゃ、まだショコラちゃんとは仲直りできてないのかな？」

　ムースにそう問いかけられて、思わず顔をしかめながら以前の会話を思い出す。

『本当はあの子と仲直りしたいって思ってるんじゃないの？　それかもしくは、罪悪感があって謝りたいとか……』

　ショコラを手伝いとして雇うことになった時、ムースにそう尋ねられた。

　その時は肯定も否定もしなかったけれど、ムースはいまだにそう思っているらしい。

「どうして僕が仲直りしたがってるって決めつけるんですか？」

「でも、そうなんだろ？」

　確信を持って告げられて、クリムはなにも言えずに目を逸らす。

まあ、あながち間違いではない。しかし純粋に仲直りしたいというわけでもないので、やはりクリムは首を縦にも横にも振ることはしなかった。

「そもそも手伝いを雇うだけだったら、ショコラちゃんじゃなくてもいいのにさ、でもわざわざ嫌ってるって公言してるショコラちゃんをアトリエに招いた。それって、困ってるあの子に手を貸したいって思ったからじゃないの？」

クリムはなにかをごまかすように銀髪をかく。

「喧嘩してる相手に優しくする理由なんて、『仲直りしたいから』以外に考えられないでしょ。もしくは罪悪感があるから、それを拭うために助けてあげたんじゃないかなって俺は思ったんだ」

「……だからあの時、ああ言ったんですか」

なにも考えていないように見えて、実は裏で色々と考えていたようだ。

罪悪感があるから助けてあげたい。

改めてそう言葉にされて、クリムは思わずハッとさせられる。

「まあ、あんまり深くは聞かないし、気持ちを伝えるタイミングはクリム君の自由だから、俺にとやかく言う筋合いはないけど……」

ムースは扉に手をかけて、ゆっくりと開けながら続けた。

「ただ、言いたいことは言える時に言っておいた方がいいよ。その人がいつまでも、自分の近くにいてくれるとは限らないんだから」

そう言い残して、ムースはアトリエを去っていった。

ひとり残されたクリムは、静まり返ったアトリエで考える。

謝りたいと思っているのは事実だ。ただ、謝りたくないと思っている自分もいる。そんな風に気持ちがチグハグになっているから、結果として今日まで仲違いを解消できていない。

このままではいけないとは思っているけれど、前に踏み出すきっかけが見つからないのだ。

『錬成術は自分のためじゃなくて、誰かのためを思って起こす奇跡なの』

大切な人の言葉を頭の奥で響かせながら、クリムは誰に言うでもなく呟いた。

「言いたいことは言える時に、か……」

＊＊＊

「うぅ、さぶっ……！」

早朝のブールの森はかなり冷える。

もっと厚着をしてくればよかったと思いながら、私は傷薬の素材採取をしていた。

昨日は本当に失敗続きだったので、その遅れを取り戻すために朝から素材採取をしている。

まさかババロアのせいであんなに心を乱されるとは思わなかったなぁ。クリムにも申し訳ない。ただ、ひと晩寝たら気持ちがリセットできていたので、もう調子の崩れはないと思う。

試しに少しだけ武器錬成をしてみたけれど、問題なく錬成ができたし。だから昨日の遅れを、今日中に一気に取り返そう。

「……早いとこ終わらせよ」

そして私は早くアトリエに戻るために、手足を忙しなく動かして素材採取を急いだのだった。

なんとなく、後ろの方を振り返る。

別に、これになにか特別な意味があったわけではない。気配や視線を感じたからとか、横目になにか見えたからとか、物音がしたからとかそういうことではない。

本当にただ、なんとなく、気まぐれに私は後ろを振り返った。

すると、そこには……バンダナとマスクをした、見るからに怪しい男が立っていた。

「オラァァァ！」

茂みに隠れていたらしいそいつは、突如として大きく腕を広げて背後から襲いかかってくる。

間一髪で反応した私は、咄嗟にその場から飛び退いて男を躱した。

奴はこちらに視線を向けながら、マスク越しでもわかるほどはっきりと笑みを浮かべる。

「へぇ、結構すばしっこいじゃねえか」

「……だ、誰？」

目を見張りながら驚いていると、今度は傍らの茂みが激しく揺れた。そこから同じバンダナとマスクを着けた、体格のいい男が飛び出してくる。

私はその男もなんとか躱して距離を取ると、男たちを警戒するように身構えた。

人攫い？　この森にそんなのが現れるなんて聞いたことないけど。

多大な違和感を覚えながら緊張の糸を張り巡らせていると、すぐに私の予想は間違っていたと思い知ることになる。ある人物が、男たちの背後から姿を現したのだ。

「ここにいたのか、ショコラ。随分と捜したぞ」

「……ババロア」

昨日再会したばかりのババロア・ナスティ。

奴が登場したことによって、私の中にあった疑問がいくつも解消された。

突然現れた野蛮な男たち。こいつらは不自然なくらい気配と足音がしなかった。間違いなく特殊な力を使ってこちらに忍び寄ってきたと思われる。

そういった類の魔法は知らないので、おそらく錬成武具を使っているのだろうと私は考えた。

怪しいのはあのバンダナとマスクだろうか。

しかしただのならず者がそんな特殊な錬成道具を用意できるとは思えなかったので、ババロアが姿を現したことで私は納得した。

ババロアの差し金なら、特殊な錬成武具を持っていてもなんら不思議はない。

おまけにババロアの後ろには同じような男たちが五人もいて、各々下品な笑い声を漏らしている。

「……どういうつもりよ、ババロア」

「聞き分けが悪いお前に、少し灸(きゅう)を据えようと思ってな」

ババロアは金髪をかき上げながら、呆れたように肩を竦めた。

「素直に言うことを聞いていれば、このような強引な手に出ることもなかったんだがな。今ならまだ、地べたに頭を擦りつけて謝れば許してやらんこともない」

「昨日も言ったでしょ。私はあんたのアトリエになんか絶対に戻らないって」

改めてババロアを拒絶する。

私はなんと言われようともあのアトリエに戻るつもりは一切ない。

ならず者に囲まれて脅されても、私は確固たる意思でかぶりを振り続けた。

「なら仕方ないな。自らの愚かさを痛感するがいい」

ババロアはそう言いながら、不意に懐に手を入れる。

そこから取り出されたのは、銀色のアクセサリーのようなものだった。よくよく見ると、それは花模様がついた首飾りで、見覚えのあるそれに私はハッと息を呑む。

「それって……」

前にババロアが錬成術で作っていた『銀華(ぎんか)の首飾り』だ。確か、不本意な性質が付いてしまって売り物にならなかったものがひとつだけあった気がする。

その性質の名前は……『呪縛』。

◇銀華の首飾り
詳細：銀切華を素材にした首飾り
　美しい銀色の輝きが特徴となっている
　身に着けている者に良縁を呼び込むとされている
状態：最良
性質：呪縛（S）

呪縛の性質を付与された装備は、装備者の意思で着脱ができないようになっている。それを手掛けた錬成師の意思でのみ取り外すことが可能で、普通の装飾品として扱うことができない。さらには錬成師の意思に応じて、装備者に呪いを付与することもできるそうだ。だから一般的にこの性質は、捕らえた魔物や動物を大人しくさせるために使われることが多い。

それが依頼品の首飾りに宿ってしまったばかりに、売り物にすることができなかったのだ。

ババロアの意思で苦しみを与えることができる、着脱不可能の呪いの首飾り。

「……それで私を脅すつもり？」

「脅す？　なにを勘違いしている。これは躾（しつけ）のなっていない飼い犬を大人しくさせるための首輪だ」

ババロアはその首飾りを指にかけて、指先でくるくると弄ぶ。

そして不気味な笑みを浮かべると、鋭い目つきでこちらを射貫（いぬ）いてきた。

「これをつけて、一生俺のもとで飼い慣らしてやる！　お前は俺のために素材を集めるだけの忠実な犬なんだよ！」

瞬間、ババロアの声に呼応するように、バンダナとマスクを着けた男たちが迫ってくる。

その光景を目の当たりにした私は、静かに拳を握りしめて呟いた。

「……そう」

こいつらはおそらく、ババロアに雇われたならず者だろう。自分ひとりでは私を捕らえられないと思ったから、確実に捕縛するために応援を用意したのだ。

そもそもこのようなことに手を貸している時点で咎人（とがびと）であることに違いはない。

だったらもう、遠慮は無用だ。

私は握っていた右拳を開いて前に向けると、全力で迎え撃つことを決意した。

「【鋭利な旋風──反逆の魂を──すべて切り裂け】──【風刃（エアロエッジ）】！」

刹那、右手を中心に緑色の魔法陣が展開される。

中央から新緑の光と風の刃が吹き荒れると、ならず者たちに向けて高速で飛来した。

「うっ……！」

奴らは服や髪を掠める風の刃を、紙一重で回避する。

一部、連中の持っていた剣や槍などを切断し、その威力に奴らは笑みを捨て去った。

「な、なんつー威力の魔法だよ……！」

「気を付けろ、お前ら！　こいつただの女じゃねえ！」

ババロアも驚いたように目を丸くする中、私は続けざまに式句を唱える。

「【地を揺らす落雷──見上げる愚者どもを──まとめて消し飛ばせ】──【雷槍（ライトニング）】！」

今度は右手に黄金色の魔法陣が展開される。

そこから超速度の稲妻が迸り、前方に立っていたならず者たちを瞬く間に貫いた。

「ぐあああああっ！！！」

バチバチッという音とともに全身を痺（しび）れさせながら、男たちが地面に倒れていく。

装備を見る限り、錬成術で作られた錬成防具だと思う。だからある程度は魔法の威力を軽減できると思って全力で放ってみたが、その予想は当たっていたようでほどよく鎮圧することができた。

「な、なんなんだ、この強さは……!?　なぜショコラに、これほどの力が……」

ババロアは理解が追いついていないようで頭を抱えている。

私はその様子を見て思わず呆れてしまい、嘲笑まじりにババロアに返した。

「『なぜ』って、あれだけ魔物討伐させられてたら当然でしょ。私がこの三年間、どれだけの数の魔物と戦ってきたと思ってるのよ」

それを知らないババロアではあるまい。

私に過剰な魔物討伐を強制させていたのは他でもない、ババロア本人なのだから。

今さらならず者連中に後れを取るはずもなく、私は鋭い視線でババロアたちを睨みつけた。

「全員容赦しないわよ。このことを教会で裁いてもらって、全員牢獄に叩き込んでやるから」

「くっ――！」

改めて右手を構えると、奴らは怯えるようにして顔をしかめた。

私は全員を無力化するべく、魔法の式句を唱えようとする。

しかし、その時……

ガトゴトッ！と遠くの方から音が聞こえてきた。

振り向くとそこには、森の道を進んでいる馬車がある。その馬車の御者台には、成人の男女と十歳前後の少女が乗っていた。おそらく子連れの商人夫婦だろうか。

と、思ったその瞬間には、ひとりの人物が動き出していた。

先ほどまで焦燥した顔をしていたババロアが、不敵に笑いながら子連れ夫婦のもとに走って向かっていく。

いったいなにを……と考えている間に、ババロアは商人夫婦のうちの女性の方に腕を伸ばし、彼女を連れ去って馬車から距離を取った。そして女性の首を腕で締め上げて、同時に反対の手でナイフを構えると、血走った目で私の方を睨みつけてくる。

「この女を殺されたくなかったら、大人しく俺の言うことを聞くんだショコラ！」

「……ババロア」

よもやそこまでするかと驚愕してしまう。まったく関係のない人物まで巻き込んで、人質にするなんて。そうまでして私を従わせたいのか。

もはや後戻りできないところまで来てしまい、暴走しているようにしか見えない。

ババロアに捕らえられている女性は、顔を引き攣らせながら声を震わせる。

「だ、誰ですかあなた⁉　いったいどうしてこんなことを……」

「つ、妻を放してくれ！　積み荷だったらいくらでもやるから……！」

「黙れ！　お前たちも大人しくするんだ！」

ババロアは聞く耳を持たず、怒り狂ったように息を荒々しく吐いている。

激昂したあの様子からすると、本当になにをするかわかったものではない。

早く助けてあげないといけないが、この距離から魔法を撃って女性を無事に救い出せる保証はない。下手をすればなにかの拍子でナイフを刺されてしまうかも……

そう思うとこの場から動くことができず、私は固まってしまった。

「さあ、この首輪をかけて、俺のアトリエに戻ってくると誓え！　一生俺の奴隷としてつき従うと言うんだ！」

ババロアは女性を連れながらゆっくりとこちらに近づいてきて、首飾りを私の足元に向かって放り投げる。

すぐ近くに落ちた銀華の首飾りを見下ろしながら、私は奥歯を食いしばった。

これをつければ、今後私の意思で着脱ができなくなる。

そしてババロアの意思で呪いがかけられるのだ。

まさに対象を苦しめてつき従わせることができる『奴隷の首輪』。

とてもじゃないけどつけられたものではない。しかし……

「ほらさっさとしろ！　この女がどうなってもいいのか！」

この首飾りをつけなければ、関係のないあの女性が傷つけられてしまう。

私のせいで、見知らぬ誰かが……

「お母さん……！　お母さん……！」

「――っ！」

娘と思われる少女が涙声を響かせて、私は唇を噛みしめた。

母親を幼い頃に亡くしている私にとって、この状況はひどく苦しい。

「私は、まだ……」

あのアトリエで、やらなきゃいけないことがあるのに。

あの天才を、もっと近くで見ていたい。あの人からしか学べないことが、きっとまだまだたくさんあるはずだから。

いいや、それ以上に……あの不器用で優しくて、錬成師としても人としても尊敬できるあの幼馴染と、ただ一緒にいたいだけなんだ。これからも一緒に錬成師として物を作って、他愛のない話をして、たまに憎まれ口なんかも叩き合って、同じ空間で笑いたい。

――私は、クリムのことが好きなんだ。

錬成師として尊敬しているってことじゃない。人として、異性として、今日まですごく優しくしてくれた彼に惹かれている。

せっかくこの尊い感情に気付くことができたのに、もうクリムと一緒にいることはできないの？

その願いは叶わないとでも言うように、ババロアの不気味な笑みが私の視界に映り込む。

これ以上はババロアの気が持たないと思った私は、脳裏にクリムのアトリエと彼の顔を思い浮かべながら、悲痛な気持ちで首飾りに手を伸ばした。

こんなものつけたくない。あいつの言いなりになんてなりたくない。私が帰りたいのはあの人のいる場所なのに……

冷たく細い銀色の鎖が、私の首にゆっくりと迫ってくる。

刹那――

目の前に、氷の景色が広がった。

「えっ……」

森の奥から迸った氷が、周りの草木を一瞬にして凍りつかせたのだ。

それによってババロアの体も氷で縛られて、捕らわれていた女性が唐突に解放される。

女性の体を避けるようにしてババロアの体が凍ったため、女性は慌てて家族のもとへと戻っていった。

親子連れが森の奥の誰かにお礼を言いながら逃げ去っていく姿を見ていると、そこからひとりの青年が歩いてくる。

その人物は視線だけでならず者たちを威圧し、完全に動きをせき止めていた。

まるで時間をも凍りつかせたかのように、彼の存在がこの場を支配している。

「随分と賑（にぎ）やかなことになってるね」

中性的な顔立ちと銀色の髪。くっきりとした碧眼に長いまつ毛。

白を基調としたコートを靡（なび）かせながら、青白い輝きを放つ長剣を持つその青年は……

「僕のところの手伝いに、なにか用か」

私の幼馴染の、クリム・シュクレだった。

「クリ、ム……？」

窮地に現れた幼馴染に、私は驚愕の視線を向ける。

どうしてクリムがここに……？

その疑問を感じ取ったように、クリムは私に答えてくれた。

「昨日から様子がおかしかったし、素材採取のついでにちょっと様子を見ようと思って」

どうやら昨日の不調に違和感を抱いたらしく、それを心配して来てくれたようだ。

おかげでババロアの言いなりになるという危機を乗り越えることができた。

あと一瞬でも遅かったら、私はあいつの奴隷同然に……

気付けば近くに落ちていた首飾りも凍りついていたらしく、氷と共に砕けており、それらの安心感から思わず地面に座り込んでしまう。同時に胸と目の奥が熱くなって、頬にひと筋の涙が伝った。

クリムはそんな私を見ると、静かに歩み寄ってきて、左手の人差し指でそっと涙を拭ってくれる。

「もう、大丈夫だよ」

耳に馴染んだ優しい声を近くで聞き、また一層涙が溢れてくる。

どうしていつも、どうしようもなくなった時に、私のところに来てくれるの。

「青白い氷の長剣を携えた銀髪の男……。そうか、お前が宮廷錬成師シュウだな……！」

クリムが現れたことで、ババロアは怒りの炎を燃やす。

しかしその程度の熱では、クリムの千年氷塊（せんねんひょうかい）の長剣の氷を溶かせるはずもない。

「ショコラがお前のアトリエに雇われていることは知っている……！　俺のアトリエから力を奪いおって……！　俺の活躍がそんなに妬ましかったのか！」

クリムに凍りつかせられたババロアは、唯一動かせる首を左右に振りながら怒りをあらわにする。

その様子を見ながら、クリムは静かに笑った。

「言ってることがなにひとつ合っていないな。まずショコラの力はあんたの力じゃない。それと僕のアトリエにショコラを招いたのは、別にお前の活躍を妬んだからじゃないよ」

そう、クリムはただ宮廷での仕事が忙しいから、手伝いを探していただけだ。

ババロアの活躍なんか一切関係ない。

だってクリムは……

「そもそも僕は、お前なんか眼中にない」

「な、なんだとっ！」

普通の錬成師では比べることも烏滸がましいほどの実力者だから。

クリムは他の錬成師のことなんかまるで気にしておらず、ただ高みを目指して腕を磨き続けている。金や地位に執着があるわけでもなく、ただ純粋に錬成術を極めようとしているだけなのだ。

宮廷錬成師という、錬成師においてこれ以上ない誉れを得ながらも、いまだに研究に余念がないのがその証拠。

そんな人物が今さら、格下の錬成師なんか気にするはずもない。

「ならばさっさとショコラを返せ！　有能な宮廷錬成師様には不要な存在だろう……！」

「ショコラがどこに行くのかはショコラ自身が決めることだ。僕たちが勝手に決めていいことじゃない」

不意にクリムの視線がこちらに向く。

答えを促されているとわかって、私は語気を強めてババロアに言った。

「……私はまだ、今のアトリエでやりたいことがあるの。だからババロアのアトリエには戻らない！」

「だってさ」

「こ、この恩知らずめが……！　ふざけたことを抜かしおって！」

ババロアは今にでも掴みかかってきそうな勢いで顔を歪める。

しかし手足が凍りついてしまっているためまったく身動きが取れていない。彼に雇われたならず者たちも、クリムに臆して体が固まっていた。

「わかったらさっさと諦めて、アトリエに帰って少しでも修業を積んだらどうだ？　あぁ、いや、その前に守衛騎士団に突き出して、教会で裁いてもらう必要があるか」

「裁くだと!?　いったい誰に向かってそんな口を……」

「錬成師ギルドから除名されて監獄行きは確定かな。仮に出られたとしても今後錬成師として活動するのは絶望的。お前は自らの手で錬成師としての自分を殺したんだよ」

改めてクリムからそう告げられて、ババロアは焦りと怒りを滲ませる。その現実を受け入れられないというように、歯を食いしばりながらかぶりを振った。

「この、俺が……！　天才錬成師、ババロア・ナスティが……！」

次いで怒りの矛先が私に向けられる。

「ショコラさえ……ショコラさえいればァ……！」

またあの頃の栄光を取り戻せると、そう言いたいのだろう。

クリムもそれがわかったのか、呆れたようにため息をつきながらババロアに言った。

「他人の力を借りることでしか客を呼べないのか。そんな方法で名前をあげて、アトリエを大きくして、それであんたは本当に満足なのか？」

「どのような手を使っても商品を売るのが正義だ！　客を呼べるのならどんな手でも使ってやる。錬成術は金を生み出すためだけに存在する力だからな！」

そのひと言に、私は怒りの感情を禁じ得なかった。

錬成術がお金を生み出すためだけの力なんて、絶対に認めたくない。

錬成術はいつも私を笑顔にしてくれた。私に元気と勇気を与えてくれた。

大好きなお母さんが私に見せてくれた優しい奇跡なんだ。

その思い出を汚すような発言だけは、絶対に見過ごせない。

そんな私の思いにまるで同調したかのように、私の代わりにクリムがババロアの胸ぐらに掴みかかった。

「錬成術は自分のためじゃなくて、誰かのためを思って起こす奇跡だ。自分の地位のために他人を利用するような人間に、錬成師は務まらない」

私は密かにハッとする。

今の言葉は……

驚く私をよそに、最後にクリムはババロアの耳元で囁いた。

「あんた、才能ないよ」

「――っ！」

宮廷錬成師という、類稀なる才能を認められた錬成師から送られる最大級の嘲罵。

錬成師としてこれ以上ない罵倒を受けたババロアは、魂が抜けたかのように深く項垂れた。

その後、クリムがならず者たちをババロアと同じように凍りつかせたところに、タイミングよく王国騎士が駆けつけてきた。

どうやら先ほどの親子が近くにいた王国騎士に通報をしてくれたらしい。

おかげで奴らは無事に捕まり、この事件は一応の終幕を迎えた。

その一方で私は、先ほどの言葉に引っかかりを覚えて、クリムのことを見つめ続けていた。

ババロアの襲撃の後、私たちは騎士団に呼ばれた。

襲撃された時の状況やババロアとの関係など、諸々（もろもろ）の事情聴取のためである。

それらを終わらせて、クリムと一緒にアトリエまで戻ると、ようやくして緊張から解放された。クリムも同じ気持ちだったようで、深くため息をついている。

「はぁ、それなりに時間かかったね。外もすっかり暗くなってるよ」

窓の外を見ると、確かにいつの間にか日が落ちていた。

私が素材採取に出発したのは早朝だったのに、こんなに時間が経っていたなんて。

改めてそれを知ると、思い出したようにドッと疲れが押し寄せてくる。

クリムにそれを悟られたのか、気遣うような言葉をかけられた。

「今日はもう疲れてるだろうから、錬成の作業は明日にしときなよ。色々あって気持ちも乱れてると思うし、今はゆっくりと休んで……」

私もそうしたいところではあったが、このまま休むわけにはいかなかった。

今から寝床についたとしても、ぐっすり眠れるはずがない。

どうしても、クリムに聞きたいことがあるから。

「……ねえ」

「んっ？」

「どうしてクリムが、お母さんのあの言葉を知ってるの？」

クリムはわずかに目を見開く。

ずっと気になっていた。ババロアとの最後の会話でクリムが言ったあの台詞。

あれが私の頭の中に、引っかかり続けていた。

「……あの言葉って？」

「『錬成術は自分のためじゃなくて、誰かのためを思って起こす奇跡』。これ、お母さんが何度も私に聞かせてくれた言葉だよ。錬成術のことを私に教えてくれる時、いつもこの言葉を聞かせてくれた」

一言一句、まったく同じだった。

有名な錬成師が残した言葉でもなく、これはお母さんが独自に持っていた考えである。

たまたま似たような考えを持っていたとしても、一言一句同じ言葉が口から出てくるだろうか？　どうしてクリムが、お母さんのその言葉を知っているのだろう？

今、クリムが気まずそうに目を逸らしているのも気がかりである。

「……そんなの偶然だよ」

「偶然って、こんな偶然あるわけないよ。これはお母さんの言葉だもん。それがたまたまクリムの口から出てくるなんて絶対に……」

「ショコラと母親の会話をたまたま聞いてて、それを覚えてただけの話だよ」

そう言われてしまっては、これ以上追及する術（すべ）はなかった。

確かに私とお母さんの会話をどこかで耳にしていて、頭に残っていた可能性も充分にある。

でもあの時、クリムは確かな意思と怒りを持ってババロアにこの言葉をぶつけていた。私がそうしようとしていたのと同じように。

これは本当に偶然だろうか？　昔どこかで耳にしただけの言葉をあの瞬間に口にすることができるだろうか？

「それはもう置いといて、今日のところは早めに休みなよ。明日も疲れを引きずられるとこっちも大変だし」

クリムはそれ以上、この話をしたくないというように終わらせようとしてくる。

いまだに納得できていない私は、続けて彼に言及しようと口を開きかけた。

しかし……

コンコンコンッ。

「クリム様」

突然、アトリエの扉が叩かれた。

名前を呼ばれたクリムはハッとしてから扉を開けると、そこには王国騎士がいて、クリムに一枚の手紙を渡す。

「こちらがアトリエ宛てに届いておりました。送り主は錬成師ギルドとなっております」

「錬成師ギルド？」

「普段は冒険者からの依頼が多い中、こちらが届いておりましたので、早めにお渡しした方がよろしいかと思いまして」

騎士はそれだけを伝えると、すぐにこの場を去っていった。

確かに錬成師ギルドからの手紙は珍しい。クリムはギルドから束縛を受けずに宮廷で活動をしているので、ギルドとの関係は皆無と言ってもいいからだ。

それなのに宮廷錬成師宛てに手紙？と疑問に思っていたら……

「これ、ショコラ宛ての手紙だ」

「えっ？」

「しかも、『品評会への招待状』って書かれてる」

思いがけず、私は目を丸くする。

品評会への、招待……？

それって見習い錬成師として、師範となる錬成師のもとで五年の修業をしなきゃ出られないんじゃ……？　宮廷錬成師のもとで修業をした場合は三年でいいけど、クリムのアトリエで手伝いを始めてからまだ二カ月も経っていないのに。

クリムからその招待状を受け取って、中身を確認してみると、確かにそこには品評会へ招くという旨が書かれている。

どうやら私の作った武器で活躍した冒険者たちが、たくさん宣伝してくれたおかげらしい。

それでギルドでの悪評もなくなって、力を認めてもらえたみたいだ。

それとババロアのアトリエにいた職人たちの告発によって、劣悪な労働環境だったことも明るみに出たらしい。そのおかげで私は今までの徒弟期間も認められることになって、それらを総合した結果、品評会への出展が許されることになったそうだ。

「アトリエにいたみんなが……」

じゃあ、あの地獄の三年間は、無駄じゃなかったってこと？

これで私は、品評会へ作品を出展できる。そこでもし実力を認めてもらえたら、晴れて念願だった自分のアトリエを開けるようになるんだ。

それはすごく嬉しい。お母さんが叶えたがっていた夢を、私が代わりに叶えてあげられるんだから。

でも……

【品評会は一カ月後。この機会を逃しますと次回の開催は一年後となります。テーマは道具、武器、防具、すべて自由となっております。最高の錬成物の出展をお待ちしております】

私は複雑な気持ちになって目を伏せる。

アトリエを開くことは確かに私の夢で、目標で、お母さんとの約束だ。でも、自分のアトリエを開けるようになったら、この師弟関係は終わりになってしまう。

基本的に品評会で腕を認められた錬成師は独り立ちをしなければならないから。

そうなれば宮廷錬成師として活動する多忙なクリムとは、滅多に会うことはなくなるだろう。私も私で自分のアトリエを持ったら忙しくなるだろうし、顔を合わせて話す機会なんて皆無になると思う。

元からただの手伝いとしてクリムのアトリエに入ったので、いつかはこうなるだろうと思っていたけど……いくらなんでもこれは、早すぎる気がする。

私はまだ、ここで習いたいことがある。

なにより、あの日クリムが言いかけたことを、聞かなきゃいけないんだ。

それをちゃんと聞き出すまでは……

「……………『その人がいつまでも、自分の近くにいてくれるとは限らないんだから』か」

「えっ？」

「本当になんでも見透かしたようなことを言う人だな。確かに言いたいことは言える時に言っておいた方がいいよね」

クリムはそう呟きながら、静かに笑みを浮かべた。

いったいなんのことだろうと思ったけれど、それを問いかけるより先にクリムが言う。

「さっきは嘘ついてごめん。あの言葉、本当は知ってたんだ。というかあれは、僕の錬成師としての信念でもある」

「錬成師としての、信念……？　お母さんの言葉が？」

なんでお母さんの言葉を信念にしているのだろう？

お母さんとクリムに個人的な接点はなかったはず。

だからお母さんからあの言葉を聞く機会そのものがなかったと思うんだけど……

頭をひどく混乱させていると、そこに追い討ちをかけるように、クリムが衝撃的な事実を口にした。

「だってチョコさんは、僕の錬成術の師匠だから」

第七章　師匠と弟子

昔、気になっている女の子を傷つけてしまったことがある。

幼い頃からよく一緒に遊んでいる女の子。名前をショコラ・ノワールという。

性格は基本的には大人しめ。若干の人見知り気質で、臆病なところもある。でも好きなことについて話す時はすごく元気になる、そんな女の子。

クリムはショコラと遊ぶのが好きだった。

だから村に住んでいた他の男の子たちからの誘いも、ずっと断り続けていた。

けれど、八歳になったある日、村の男の子たちに囲まれた。彼らからの誘いを何度も断っていたため、その怒りを買ってしまったようだ。

『お前そいつのことが好きなんだろ』

『だから俺たちよりもそいつを優先してたんだろ？』

別にこれくらいの揶揄いなど、無難に受け流せばよかった。しかしクリムは図星をつかれたこともあって、冷静な返しをすることができなかった。

この年頃の男子は、異性への好意を異常なまでに恥ずかしいものとして捉えている。

『好きなわけないだろ、こんな奴』

だからクリムは、ショコラへの好意を悟られないように、わざと冷たい態度を示した。

その時のショコラは、見たこともないくらい唖然とした顔をしていた。

ずっと仲のいい友達だと思っていた相手から、このようなことを告げられたらショックを受けるのも当然だ。別に異性として好きと言ってもらいたかったわけではないだろうが、このひと言が原因でショコラとは疎遠になってしまった。

せめてあの時〝仲のいい友達〟だと言えていたら、どれだけよかっただろうか。

それからクリムは、謝ることもできずにひとりぼっちの時間を過ごしていた。

いつもみたいに遊びに誘って、この間のことを謝れば済むのに、クリムにはできなかった。

もしかしたらあの時の発言のせいで、好意を悟られてしまったのではないかと危惧していたから。

そうでなくてもあんなことを言ってしまった手前、もう前みたいに普通に話しかけることはできない。気まずい空気になるのは確定的だ。

だからクリムは謝罪したい気持ちがありながら、一歩を踏み出すことができずに葛藤し続けた。

せめてなにかひとつ、話しかけるきっかけさえあれば……

そんなことを思っていたある日のこと。

母親から、『家の畑で採れた野菜をノワールさんの家に届けてきて』と言われた。

ショコラと疎遠になった日から、まったく近付こうとしなかったノワール家。

正直行きたくはなかったけれど、ここで変に断ってしまった方が不自然に映ると思った。

その時は父親も母親もショコラと疎遠になっていることに気付いていなかったから、それを悟られないように野菜を持っていくことにした。

緊張しながら久々にノワール家の玄関を叩くと、出てきたのは幸いにもショコラの母親だった。名前を、チョコ・ノワールという。

『あっ、クリム君。うちになにかご用？』

『そ、その、うちの母が、野菜持っていけって』

『あらっ、わざわざありがとう』

そんな他愛のない会話だった。あまり記憶がないのは、早くそこから立ち去りたい気持ちでいっぱいだったからだ。

そして無事に野菜を手渡すや否や、クリムは早々にその場から立ち去ろうとした。

だが……

『あっ、そうだ、ショコラのこと呼んできてあげるね』

『えっ⁉』

一番恐れていた展開になってしまった。

どうやらノワール家の方も、クリムとショコラが疎遠になっていることは知らなかったらしい。

だから当然のようにショコラを呼びに行こうとしたチョコのことを、クリムは慌てて止めた。

『だ、大丈夫です！　僕、すぐに帰りますから』

この時のクリムは、割と平静を装えたと思っていた。

しかしチョコには内心の焦りを悟られてしまったらしく、さらには隠し事まで見抜かれた。

『もしかしてふたりさ、喧嘩とかしちゃった？』

『えっ……』

『なんか最近、ショコラが外に遊びに行かなくなっちゃったし、クリム君もまったくうちに来てなかったからさ』

ショコラからはなにも聞いてはいないみたいだが、彼女の様子とクリムの様子を見てそうだと悟ったらしい。

いきなり現状を言い当てられて、クリムは思わず固まった。

その反応が決定打となり、これ以上の言い逃れはできないと観念した。

そしてクリムは、ひどいことを言って傷つけてしまったとチョコに明かした。本当は謝りたいけれど、気まずくて話しかけられないとも。

するとチョコは……

『ショコラと仲直りしたい？』

優しい声音でそう問いかけてきた。

てっきりショコラを傷つけたことを叱られると思っていたクリムは、安堵から涙を滲ませながら頷いた。

『し、したいです。ショコラと仲直りしたい。でも、話しかけるきっかけがなくて……』

今さら改まって声をかけるのはさすがにためらわれる。その気まずさから、今日までずっと話しかけることができなかったから。

なにかひとつきっかけさえあれば、いつも通りの関係に戻れるのに。

その難題に対して、チョコはひとつの回答を用意してくれた。

『それなら、錬成術を教えてあげよっか』

『えっ？』

『ショコラも今ね、私の真似して錬成術の練習をしているの。でもなかなかうまくいってないみたいだからさ、クリム君も錬成術の練習をして、ショコラよりうまくなって錬成術を教えてあげればいいんじゃないかな？』

クリムは驚きと感動でハッとする。

目から鱗が落ちた気分になった。確かにそれはいいきっかけになると。

少し前にも錬成術にハマっていると聞いたことがあったので、仲直りのきっかけにするならこれしかないと思える。

『どう、ちょっとやってみない？』

その日からクリムは、チョコに錬成術を教えてもらうことになった。

もちろん、仲直りを目指すショコラには隠す前提で。

ショコラには趣味で始めたと言ったが、本当は仲直りのきっかけ作りのためにチョコから錬成術を学び始めたのだ。

チョコは独学で錬成術を習得したらしいが、腕は店持ちの錬成師と遜色なかった。

むしろ独学で習得した分、多方面に知識が豊富で、特殊な素材の組み合わせや独自のレシピなども持っていた。加えてとても優しく、教えるのが上手で、丁寧に錬成術のことを教えてくれた。

それと、勘の鋭い人でもあった。

『クリム君ってさ、ショコラのこと好きでしょ？』

『えっ⁉』

『だからムキになって、みんなにあんなこと言ったんだよね？〝好きなわけないだろ〟って』

図星をつかれて、クリムは顔を赤くして目を逸らす。

動揺のあまりごまかす余裕もなかった。それほどわかりやすい言動はしていなかったと思ったが、チョコの慧眼の前ではクリムの心は丸裸同然だった。

『ショコラのどこが好きなの？』

『そ、そんなの恥ずかしくて言えるわけないよ』

『えぇ、私すっごく気になるなぁ。教えてくれないんだったら、錬成術教えるのやめちゃおっかなぁ』

『えぇ!?　それはずるいよチョコさん！』

『冗談冗談！』

そう言ってたまに揶揄ってきて、控えめに歯を見せて笑う人だった。

やや子供っぽいところがある人だったが、家庭的で大人の女性らしいところもあった。

彼女はお菓子作りが得意だった。しかもただのお菓子ではなく、錬成術によるお菓子作りの達人だった。飲食物は錬成術よりも手製に限ると言われているが、チョコの場合は錬成術で作ったお菓子の方が美味しいという珍しい特技を持っていた。

クリムはチョコの錬成菓子が好きで、たびたび自分でも作ってみようと試したことがあった。しかし恐ろしいまでに難しく、チョコに錬成のコツを聞いてみたら、彼女は得意げな様子で答えてくれた。

『錬成術は自分のためじゃなくて、誰かのためを思って起こす奇跡なの』

だから食べさせたい人のことを強く思い浮かべれば、美味しいお菓子が錬成できる。

と、教えてもらったけれど、結局お菓子の錬成がうまくいくことはなかった。

それからもチョコと修業を続けて、いつの間にか半年が過ぎていた。

そろそろ錬成術の基礎も身についてきたので、これをきっかけにショコラに話しかけようと考えていた。

自分も実は、最近錬成術にハマっているのだと。もしよかったら一緒に錬成術の練習をしないかと。

その流れでひどいことを言って傷つけてしまったことを謝れればいいと思ったのだが……

そんな折に、恩人のチョコが病気で倒れた。

チョコの病気は、徐々に進行していく類のものだった。

日に日に身体機能が衰えていき、いつしか立つこともままならなくなるらしい。その初期症状として、唐突な手足の痺れや脱力感に襲われることが頻発するようになった。

『大丈夫大丈夫、絶対にクリム君とショコラを仲直りさせてあげるから』

それでもチョコは、錬成術の修業を手伝ってくれると言った。本来ならば少しでも病気の進行を抑えるために安静にしておかなければならないはずなのに。

チョコとしては自分の体よりも、クリムとショコラのことの方が気がかりのようだった。

ただ、チョコは日に日に容態を悪くした。幼いクリムにもわかるほどに、目に見えて痩せ細って体が衰弱していった。

それがあまりにも心配で、ショコラに謝るどころではなくなってしまった。

ショコラには謝りたい。けれど今はそれ以上にチョコの体調の方が心配である。

どうにか彼女を助けられないかと、クリムはチョコのことばかりを考えるようになっていた。

『錬成術で治すことはできないの？　チョコさんの錬成術なら……』

『傷とか毒だったらね、錬成術で治すことはできるけど、病気だけは仕方がないんだよ』

病気を治せるのは医療だけ。

それもチョコから教わった、錬成術の基本のひとつである。

そしてチョコの病気を治すためには、大きな治療院に多額の治療費を払う必要があるそうだ。

ショコラの父でありチョコの夫のカカオ・ノワールも、その治療費をかき集めるために必死になっていると聞いた。だが、田舎に住む村人に到底用意できる金額ではなかった。

他の親しい人たちも協力しようとしたが、チョコは申し訳ないと思ったようで、みんなには『気にしないで』と言っていた。同じくクリムもそう言われたが、彼は子供ながらに現実を受け入れられず、どうにかして恩人のチョコに恩返しをしたいと思っていた。

『それなら僕が、その治療費を稼ぐよ』

『えっ？』

『チョコさんに教えてもらった錬成術で、たくさんの人たちを助ける。それでたくさんお金を稼いで、チョコさんの病気を治してみせる』

お金がないから治療ができない。それなら自分がそのお金を稼げばいい。

クリムはチョコを助けたい一心で決意を示した。

チョコに教えてもらった錬成術なら、たくさんの人の助けになるはず。

だからきっと治療費を稼ぐことも難しくはないはずだと、クリムは信じて疑わなかった。

『……うん。それなら私は、クリム君がもっと錬成術が上手になるように、精いっぱい錬成術のこと教えてあげるね』

この時チョコがこう言ったのは、自分の成長のためだったのだろう。

見習い錬成師が多額の治療費を稼ぐなんて絶対に無理だとわかっていたが、それを否定してしまえばクリムが錬成師の道を外れてしまうのではないかと考えたのかもしれない。

せっかくの新しい芽を潰してしまわないように、チョコは応援する形で錬成術の指導を続けてくれたのだ。

クリムはこの日から、れっきとした錬成師になった。

森や山にひとりで素材を採取しに行く。採ってきた素材を錬成して商品を生み出す。それを行商人の父に協力してもらって各所に売ってもらう。

そうして少しずつ錬成師としてチョコの治療費を稼いでいった。とにかくがむしゃらだった。

ここまでよくしてくれたチョコをなんとしても助けたかった。まだまだたくさん一緒の時間を過ごして、もっと錬成術のことを教えてもらいたかった。

ショコラと仲直りするところを、元気な姿で見届けてほしかった。いつか自分に語った『アトリエを開く』という夢を、絶対に叶えてほしかった。

——それから一年半後。

チョコはこの世を去った。

その知らせに、クリムは頭の中が真っ白になった。

チョコがいなくなった現実を受け入れることができなかった。

もうあの人に錬成術を教えてもらうことができない。

あの人に揶揄ってもらうこともできない。

あの人の優しさに触れることもできない。

尊敬するチョコにもう二度と会うことができないと知った時、同時にクリムは自分の無力さを思い知った。

『僕がもっと、すごい錬成師だったら……』

チョコの治療費だって集められたかもしれないのに。

その悔しさと悲しさから、クリムは自室に閉じこもった。

なにをするでもなく、ただひたすらに泣き続けた。たった三年半の師弟関係ではあったが、クリムにとってチョコと過ごした時間はあまりにも濃密なものだった。

それから数日が経った頃。

ふと窓の外を見ると、ショコラがいることに気が付いた。

彼女は青い花を手に、村の教会の方へと向かっていた。

村の教会にチョコの墓ができたと聞いたので、おそらく墓参りをしに行くのだろうとクリムは思った。

クリムはいまだにチョコの死を受け入れることができていないため、墓参りには行けていない。だから母の死にきちんと向き合っているショコラを、陰ながらすごいと思っていた。

しかし、すぐに異変に気が付くことになる。

ショコラは翌日も墓参りをしていた。その翌日も。

毎日決まって夕方頃になると、青い花を持って教会へと向かっていた。

明らかに様子がおかしかった。まるで魂が抜けてしまったかのように、常にぼんやりとしていて、まともに食事を取れていないのか、日に日にやつれていくのだ。

父のカカオが止めに入る姿も何度か見た。

それでもショコラは墓参りをやめようとはしなかった。

その理由を、クリムは遅れて知ることになる。

ショコラが供えに行っていた青い花を調べると、それは『夜光花(やこうばな)』と呼ばれるものだった。

集めると死者の魂を呼び寄せると言われていて、逸話では死者を蘇らせたとも語られている。

ショコラは母のチョコに帰ってきてほしいからと、毎日夜光花(やこうばな)を供え続けていたのだ。

『…………やめろよ』

クリムは墓参りを続けるショコラを見たくなかった。

諦めないショコラを見ていると、本当にチョコが帰ってくるのではないかと思わされた。そんなはずないとわかっているのに、ほんのわずかな期待が心中に生まれてしまうのだ。

なによりも、日を追うごとにやつれていくショコラの姿が、病気で少しずつ弱っていくチョコの姿と重なってしまった。

だからクリムは、気が付けばショコラのことを止めに行っていた。

墓参りに向かおうとする彼女を止めて、およそ三年半ぶりにまともに言葉を交わした。

『そんなことしたって無駄だよ』

『無駄……？』

『ショコラの母親はもう死んだんだ。そんなことしたって死んだ人間は戻ってくることはないんだよ』

まるで自分に言い聞かせるようにクリムは言った。自分が未熟なせいでチョコを死なせた憤りもあって、思わず言葉が強くなってしまった。

これ以上、墓参りをするショコラを見たくない。

チョコが帰ってくるかもしれないという期待を抱きたくない。

そんな気持ちからつい心ない言葉をかけてしまうと、ショコラは掠れた声でこう返してきた。

『あんたには関係ないでしょ。関係ない奴が、勝手に割り込んでこないでよ』

――関係ない奴。

ショコラにはチョコとの関係を話していなかったので、そう言われるのも仕方がない。それにショコラが繊細になっている今、心ない言葉をかけてしまったのはクリムの方なので、非は完全にこちらにあると思った。

けれど、自分にもチョコとの思い出がある中で、〝関係ない奴〟と言われるのはすごく悔しかった。

加えていまだに墓参りを諦めようとしないショコラを見て、クリムはいよいよ彼女の手元から夜光花(やこうばな)を取り上げた。

『無意味なことをやめろって言ってるんだ！　見てるこっちが苛つくんだよ！』

『あんたなんかになにがわかんのよ！　お母さんのこと、なんにも知らないくせに！』

なんにも知らないなんてことはない。

自分だってチョコと過ごしてきた日々がある。知っていることだってたくさんある。

それをショコラが知らないのは無理もないけれど、クリムは彼女の言葉を許せないと思った。今までのチョコとの修業の日々を、否定された気持ちになったから。

その日から、クリムとショコラは絶縁した。

クリムは後になって、ショコラに心ない言葉をかけてしまったことを申し訳なく思った。

けれどチョコとの関係を否定するような言葉が許せないのも事実で、再び謝りたいけど謝れない状況に陥る。

きっとチョコが見ていたら悲しむと思ったので、ショコラとは早く仲直りがしたかった。

そのためのきっかけを作ろうと思ったクリムは、あることを思いつく。

ショコラが最も望んでいることは、大好きな母親のチョコが帰ってくること。

しかしチョコを生き返らせることはできない。いくら錬成術を極めたところで、死者蘇生の道具を作ることは絶対にできないから。

でも……

『……チョコさんがいたってことは、みんなに伝えることができる』

自分が錬成師として名声をあげたら、師匠であるチョコの名前も同時に広まることになる。

それでチョコ・ノワールという素晴らしい錬成師がいたということを、世間に伝えることができるのだ。生き返らせることはできないけれど、チョコという存在をみんなの心に刻み込むことはできる。

それが、自分ができる、チョコへの精いっぱいの恩返し。同時に、ショコラへの罪滅ぼしにもなる。

『僕は必ず、世界一の錬成師になる』

それからクリムは、知見を深めるために行商人の父に同行することにした。

様々な知識を持っていたチョコを見習って、各地を見て回りながら錬成師として腕を磨いていった。

いつの日か、尊敬する師匠の名前を、みんなに知ってもらえるように。

＊＊＊

お母さんとの秘密の関係について、クリムは話してくれた。

色々と衝撃的なことを聞いて、私はひどく混乱している。

まさかクリムが、お母さんから錬成術を習っていたなんて。それも私と仲直りするために修業をしていたなんて、まるで知らなかった。

それなのに私は……

「ご、ごめん……私……」

クリムにひどいことを言ってしまった。

お母さんと長い時間を過ごして、たくさんの思い出があるはずなのに。

『関係ない奴が、勝手に割り込んでこないでよ』

勝手に無関係だと思い込んで、嫌がらせでお墓参りを邪魔されたのだと思った。

『お母さんのこと、なんにも知らないくせに！』

お母さんがいなくなった悲しさを、八つ当たりしてぶつけてしまった。

本当になにも知らなかったのは、私の方じゃないか。

「クリムにひどいこと……言っちゃった……」

クリムが長年怒っていたのも納得できる。私に謝りたくないと思っていたのも当然だ。錬成術の師匠で尊敬しているお母さんのことを、なんにも知らないのだと決めつけられたのだから。

「ごめんね、クリム。私の方こそ、クリムのことなんにも知らなかったのに……」

「……僕が悪いんだよ」

それでもクリムはかぶりを振って謝ってくる。

「僕がショコラにひどいことを言わなかったら、仲違いすることだってなかったんだ。そもそもチョコさんとの関係を秘密になんてしていなかったら、もしかしたら三人でもっと楽しい思い出だって作れていたかもしれないのに」

クリムは後悔を滲ませるように歯を食いしばる。

「それでずっと謝りたいって思っていたんだ。でも、変な意地を張ってたせいで、ずっと謝ることができなかった。チョコさんとの関係を秘密にしていたのは僕の方なのに、無関係だって言われて勝手にカッとなって……」

そこでクリムが、不意に言葉を切る。

「…………いや、違うか」

「えっ？」

「本当は、怖かったんだ。ショコラに責められるんじゃないかって、ずっと怖かった」

クリムは微かに声を震わせている。

「三年半、僕はチョコさんと修業をしていた。でも本来チョコさんのその時間は、ショコラと過ごすはずの三年半だったんだ。だから僕はショコラから、チョコさんといられた時間を奪ったんじゃないかって思ってた」

確かにクリムと修業を始めた時期と、お母さんが頻繁に出かけるようになった時期は重なる。

あの頃はお母さんと過ごせる時間が少しだけ減っていたけど、別に今さらそのことを咎めたりはしない。

しかしクリムにとっては、とても重たい問題のようだった。

「チョコさんとの関係を話したら、それを責められるんじゃないかと思った。ショコラがそんなこと言う子じゃないとはわかってたけど、やっぱりどうしても怖くて……」

その気持ちは私にもわかり、密かに胸を痛めた。

謝りたいけど謝れない。

クリムの胸中に漂っていた懸念が、その状況に拍車をかけていたようだ。

「もしかして、宮廷錬成師になった今も、お母さんが錬成術を教えてくれた師匠だって公言してないのは、私に気を遣ってたから……？」

「僕自身、錬成師として未熟な部分があると思ってて、チョコさんのことを伝えるのは時期尚早かなって考えてたのもあるけど、一番の理由はそうかな。いつかちゃんとショコラに謝れたら、チョコさんが師匠だって胸を張って言えると思ったんだ」

今の宮廷錬成師という名声があれば、お母さんがすごい錬成師だったってことをたくさんの人に伝えられるはず。

でもクリムがそうしなかったのは、私に対しての罪悪感と気遣いがあったからだ。

「だから改めてあの時のことを謝りたいって思ってるんだ。こうして品評会への招待状も来たし、ショコラがここを出ていったら、いよいよ機会がなくなると思うから。……本当にごめん、ショコラ」

クリムの心からの謝罪が、ふたりきりのアトリエに静かに響く。私は特に怒っているわけではないから、その謝罪をどんな気持ちで受け取ればいいのか困惑していた。

クリムを責めるつもりはない。話を聞いた今なら、お墓参りを邪魔してきたことだって簡単に許せる。お母さんと一緒にいられたはずの時間を奪ったなんて、それこそ微塵も思っていない。

私は深く息を吸って吐き、わずかに戸惑う心を落ち着かせてから、おもむろに口を開いた。

「……クリムが謝る必要はないよ。お母さんはお母さんの意思でクリムに錬成術を教えてたんだから。お母さんと一緒にいられる時間を奪っちゃったなんて、もう考えないで」

「……ごめん」

これでお互いの間に漂っていた気まずい空気を、ようやく払拭できたような気がする。

クリムが心の内に秘めていたことを打ち明けてくれたことで、なんだか私の方がすっきりとした気持ちになっていた。仲直り、とも違う気がするけど、これからなにかは変わっていくと思う。

でもそっか、クリムも私と同じような目的を持っていたんだ。

「クリムはお母さんのために、錬成師として活動してるんだよね」

「うん。僕が錬成師として名声をあげたら、師匠のチョコさんがすごい錬成師だったってことをみんなに伝えることができると思ったからさ。だから宮廷錬成師になれたのはすごく幸運だったよ。あとは自分で自分を認めることができたら、チョコさんのことを公表しようって思ってる」

私もお母さんのために錬成師として活動をしている。

アトリエを開くというお母さんの夢を、代わりに叶えてあげて、それでいつかお母さんがすごい錬成師だったってことをみんなに証明したいと思っているんだ。

知らない間に私とクリムは、同じような目標に向かって突き進んでいたらしい。

それなら私たちがいがみ合うのは絶対に間違っていて、お母さんだってそんなことを望んでいるはずがない。だから改めて険悪な関係を解消できて、本当によかったと思う。

それに私は、とても大切な気持ちに気付くことができたから。

この感情を知ることができたのに、険悪なままなんてすごくもったいないからね。

わだかまりを取り払えた今なら、その感情を正面から伝えられるかもしれない。勢いもある今のうちに、伝えておいた方がいいかもしれない。

そう思って、私は意を決して声をかけた。

「クリム、あのね……」

しかし……

それよりも先に、クリムが話を始めた。

「ショコラ、仲直りできた今だから言わせてもらうんだけど」

「えっ？　な、なに……？」

クリムの改まった様子に、自然とこちらも姿勢を正す。

美しい碧眼で、まっすぐとした眼差しを向けてきて、とても真剣な感情が伝わってきた。

すると彼は、まったく予想もしていなかった言葉を、私に贈る。

「君が好きだ」

「えっ⁉」

あまりにも唐突に告白されたため、私はなにを言われたのかすぐに理解できなかった。

一瞬の静寂が、ふたりきりの部屋に訪れる。

やがてクリムの言葉を理解すると、上擦った声で問いかけた。

「と、突然すぎない？　なんでこんないきなり……」

「いいだろ別に。こうして仲直りもできたし、言いたいことは言える時にってもう決めたことだから」

クリムはいつもの澄ました顔ではなく、わずかに頬を朱色に染めながら言う。

あのクリムが照れている。常に余裕綽々で冷静な様子を崩さないクリムが。

その状況に、こちらも釣られて顔が熱くなってくる。

クリムも私のことが好きなんて驚いた。それにまったく同じタイミングで気持ちを伝えようとしていたのも、心が同調していたみたいでなんだか気恥ずかしい。

「それにそろそろ、この気持ちを抑えるのも我慢の限界なんだ」

「我慢の限界？」

「ショコラは気付いてなかったと思うけど、僕は子供の頃から君がずっと好きだったんだ。チョコさんにはすぐに気付かれたけど。で、喧嘩したせいでその想いを伝えられる機会がなくなって、せっかく再会しても険悪なままでさ……」

その障害がようやくなくなって、抑え続けてきた感情を爆発させてしまったらしい。

それにしても、子供の頃からずっと私のことが好きだったなんて、全然気が付かなかった。

……すごく嬉しい。

「念のために言っておくけど、付き合ってほしくて好きって伝えたわけじゃないから、あんまり深刻に考えないでほしい。あくまで僕が気持ちを明かしたかっただけだから。……もし不快に思ったのなら、ごめん」

「い、いやいや、突然告げられてびっくりしてるだけだから、不快になんて思ってないよ。むしろ……」

「むしろ？」

「あっ」

ついロ走ってしまい、私は咄嗟に口に手を当てる。

けど、ここまで言ってしまったからには、後戻りはできないと思った。なにより私も、言いたいことは言える時に言っておいた方がいいと、そう思うから。

首を傾げるクリムに、意を決して気持ちを明かす。

「わ、私も……」

「んっ？」

「私も、クリムのことが、好きだから」

「えっ……」

クリムは唖然とした様子で固まる。

まさか自分が告白されるとは思っていなかったのだろう。

こんな顔もできるんだ、と思えるくらい、見事にぽかんとした顔を見せてくれた。

「ショ、ショコラも、僕のことが好き？　それって人として好きってことか？　勘違いしてたら申し訳ないんだけど、僕が言った好きっていうのは、異性として好意を抱いてるって意味で……」

「私も同じだよ。クリムのこと、異性として好きなの」

再びクリムは硬直してしまう。

対して私は、今一度気持ちを伝えて、恥ずかしさのあまり頬が熱くなった。

でも、後悔はしていない。心は青空のように澄み切っている。

正直な感情を伝えるのって、ここまで晴れ晴れした思いを味わえるんだ。

その時──

「えっ⁉」

温かい感触と爽やかな香りに体が包まれた。

クリムに抱き寄せられたのだと、遅れて気付く。

「ありがとうショコラ。まさかショコラも同じ気持ちだったなんて、すごく嬉しい」

「……私も、クリムに気持ちを伝えられて、本当によかった」

顔を上げると、クリムの優しげな表情が間近に映る。

自然と私も頬を緩めて、しばらくふたりで熱のこもった視線を交換した。

ここまでたくさんの障害とすれ違いがあって、回り道をしてしまったように思えるけど、最後にはこうして気持ちを重ね合わせることができた。

心から嬉しさが滲んでくる。

ただその時、私は手に持った招待状のことを思い出して、ハッと息を呑んだ。

その気配を察したのか、クリムが少し離れて問いかけてくる。

「どうかした？」

「ねえ、私がいなくなった後、クリムはどうするの？　また新しい手伝いを探したりするの？」

「うーん、もう手伝いは雇わないかな。正直いてくれた方が助かるけど、王国騎士団のための傷薬とか武器を錬成できる見習いがショコラの他にいるとは思えないし。僕が一から教える暇も、もうなさそうだからね」

日に日に増していく錬成依頼。

今は私が半分を担当して、ふたりで錬成を進めているから互いに好きなことをできている。でもそれをひとりで抱えるとなれば苦労は必至だろう。かといって見習いを指導している暇もないため、今後はクリムがひとりで王国騎士団からの依頼に応えなければならない。

きっと今までのように錬成術の研究はできなくなってしまう。いや、それどころか、莫大な依頼の量に体を壊してもおかしくはない。

「まあ、ショコラがいなくなった後は、前みたいにひとりで傷薬と武器の作成をするよ。で、時間を見つけられたら少しずつでも錬成術の研究を進めようと思う。そんな時間が取れるかはわからないけど、錬成師として忙しいのは嬉しい限りだからね」

まるで強がるようにクリムは言って、私は密かに唇を噛みしめる。

次いで握っている品評会への招待状を見下ろした。

……多分お母さんも、この方が喜んでくれるよね。

「私、品評会には出ないことにするよ」

「えっ？」

そう言って私は、クリムをまっすぐ見つめた。

エピローグ

「クリム、傷薬の錬成終わったよ」

「わかった。それじゃあこっちの武器錬成の依頼、ちょっともらってくれるかな」

ババロアの襲撃があったあの日から一週間。

無事に仲直りして想いを伝え合った私たちは、王国騎士団のために変わらず傷薬と武器の錬成をしていた。

素材を採取しに行き、その素材を使って傷薬と武器を錬成する。

本格的に魔物領域への侵攻を開始した騎士団は、ますます消耗が激しくなってきたようで、依頼の数も日に日に増えていた。それでもふたりで手分けしてやれば、なんとかこなせる仕事量なので、私たちは協力して依頼を捌いている。

「やあやあふたりとも、今日もなんだか忙しそうだね」

そんな折に、近衛師団の師団長のムースさんがアトリエにやってきた。

忙しなく動き回る私たちとは違い、ムースさんはお気楽な様子で笑みを浮かべている。

クリムが目を細めてムースさんの顔を見ると、彼は申し訳なさそうに手を合わせた。

「そんな目で見ないでよ。俺だってちゃんと仕事をしてから来てるんだから。それにここしばらくは忙しくて、ふたりの顔をまともに見られてなかったし」

だから久々にアトリエに遊びにきてくれたのだという。

確かにムースさんは最近、ここに来ることがまったくなかった。近衛師団の具体的な仕事内容は把握していないけれど、どうやらそれなりに忙しいらしい。

それでようやく暇を見つけて遊びにこられたようで、ムースさんは嬉しそうにしていた。

あとついでに、私宛ての依頼も届けにきてくれたようだ。

お礼を言ってそれを受け取ると、ムースさんが私に問いかけてきた。

「そういえばショコラちゃん、品評会への招待を断ったんだって？」

「はい。また別の機会に出展しようかなと」

「もったいないなぁ。錬成師ギルドの人たちもかなり期待してたみたいなのに」

そうだったんだ。クリムの手伝いばかりをしていて、錬成師ギルドには顔を出せていないから知らなかった。

アトリエを開くというお母さんの夢を代わりに叶えるために、ギルドに実力を認めてもらう必要があるけれど、私は今回の品評会は見送ることにしたのだ。

期待してくれていた人たちもいたみたいだけれど、もう決めたことだから。

「まあ正直俺たち王国騎士からすれば、ショコラちゃんにはまだ働いてほしいと思ってたから、こうしてクリム君のアトリエに残ってくれることになって安心してるよ。ショコラちゃんの作ってくれるもの、毎回おもしろくて笑わせてもらってるし」

「笑いを取るために手伝いをしてるわけじゃないんですけど……」

確かに私が錬成したものは、クリムのものと比べてかなり異質だからね。

採取した素材に規格外の性質を宿す力を持っていて、私はそれを使って特異な錬成物を生み出している。それをおもしろがって依頼を出してくれる冒険者が多く、同じように騎士団の人たちにも気に入られているみたいだ。

「またこんなに依頼もらって……」

クリムが私宛ての錬成依頼を見て、呆れた顔で忠告してきた。

「引き受けるのは勝手だけどさ、なんでもかんでも受け入れてたら本来の仕事に手が回らなくなるかもしれないよ。倒れられたらこっちが困るんだから」

「ご、ごめんごめん」

私も見境なく依頼を引き受けすぎているのではと最近思うようになってきた。

クリムの言う通り、さすがにそろそろ自重しよう。

と、そんなやり取りを傍らで見守っていたムースさんが、唐突に訝しい目を向けてきた。

「あれあれぇ？　なんかふたりともいい感じになってない？　前よりも仲がよくなってるような……」

「えっ？　そ、そうですか……？」

「……ムースさんの勘違いじゃないですか」

私とクリムは目配せをして、無言の意思疎通をする。下手なことは言わないようにと。

するとムースさんはそれ以上の言及はせずに、意味ありげな視線だけを私たちの方に向けてきた。

「なるほどなるほど、よーくわかったよ。とりあえずふたりがこうして、仲よくアトリエをやってくれればそれでいいから。それ以上のことは望まないよ」

……なんか、全部を見透かされている気がする。

そんなにわかりやすい反応はしていないはずなんだけど。

変な恥ずかしさを感じていると、ムースさんは最後に「邪魔者は退散するね」と言い残してアトリエを去っていった。

再びクリムとふたりきりになり、お互い意図せず安堵するようなため息を重ねてしまう。

思わず笑い合ってから、抱えている仕事に集中することにした。

しばらく黙々と錬成作業をすると、お昼休憩の時間になり、クリムが食堂からサンドイッチを持ってきてくれる。一旦錬成作業の手を止めてご飯を食べ始めると、クリムが問いかけてきた。

「でも、本当によかったの？」

「んっ、なにが？」

「品評会への参加を見送って。次回の開催は一年後らしいし、ショコラとしては早く自分のアトリエを開きたかったんじゃないの？」

「あぁ……」

先ほどのムースさんとの会話を聞いていて、クリムは改めて疑問に思ったようだった。

「まあ、それが私の夢で、お母さんの夢でもあるからね。そもそもクリムのアトリエに手伝いに来たのも、品評会への参加資格を得るためだったし。でも……」

私は品評会への出展を断った理由を、今一度クリムに話した。

「クリムのアトリエの手伝いをまだしたいと思ったからさ。今手伝いを辞めるのは、なんか途中で投げ出したみたいな感じがして嫌だったし」

「別にそんなことはないと思うけど」

クリムがそう思っても、私はそんな感じがしたのだ。

それに私が抜けた分、クリムが苦労を強いられることになるのは目に見えていたし。

お互いにお母さんのためにアトリエを盛り上げようとしているのだから、この際協力して目標に突き進んだ方がいいと思っただけだ。

そしてもうひとつ。

「それに私は、もうひとつ新しい目的を見つけたから」

「へぇ、そうなんだ。それってどんな？」

「秘密」

なんだよそれ、とクリムはサンドイッチをかじりながら小さく笑みを浮かべた。

もうひとつの理由は、気恥ずかしいのであまり言いたくない。

お母さんがすごい錬成師だったってことをみんなに伝えたいのもそうだけど、私自身が錬成師として成長したい気持ちもあるのだ。

そのためにはクリムのアトリエにいるのが一番だと思った。

この天才を、一番近くで見続けることができるから。クリムという圧倒的な才能から、錬成師としての糧を吸収できるはず。まだまだ私は、彼から学ばなければならないことが多い。

最終的にはクリムに並ぶくらいの、凄腕の錬成師になりたいな。

まあ、こんな恥ずかしいこと、本人に直接は言えないよね。だから秘密にさせてもらった。

私がクリムのアトリエに残った理由は以上となる。

あっ、いや、あともうひとつだけあったか。

私はクリムの横顔を窺う。その視線に気付いて、彼が視線と共に笑みを返してくる。

温かくて優しい笑顔に、胸が熱くなるのを感じながら、私もクリムに笑いかけた。

品評会への参加を断って、この場所に残ったのは、純粋にクリムともっと一緒にいたかったから。せっかくこうして仲直り、というか、両想いであることがわかったし、前以上に仲よくできると思ったんだ。お母さんのためという、同じ目的を持っていることもわかったし。

あるいは、絶縁していたせいで失われてしまった時間のやり直しを、私はしたいと考えたのかもしれない。

「……そんなに見つめられると、また抱きしめたくなってくるんだけど」

「えっ⁉」

唐突に、やや恥ずかしそうな様子でクリムが驚くべきことを言ってきて、私は戸惑いながら目を逸らした。

知らず知らずのうちに、随分と長く見つめてしまっていたらしい。そして見つめられるのが恥ずかしかったからか、クリムはらしくないことを言ったみたいだ。

それともまさか本心？　遅れて、惜しいことをしてしまったかもしれないと後悔する。

ちなみに私たちは、付き合っているわけではない。

お互いに好きということを公言しているけど、ただそれだけだ。クリムはこれ以上、関係を進めようとしてこないし、私も今は特にそれを望んでいない。

まあ、私たちにはまだ、お母さんのことをみんなに伝えるっていう大事な使命が残っているからね。錬成師として成長することが最優先で、恋愛とかを考えるのは、それが無事に終わってからだ。

後々の楽しみとしてとっておこう。そんな暗黙の了解が私たちの間にはできた。

…………いやまあ、クリムから今すぐに付き合ってほしいとか言われたら、断るつもりもないけどね。

と、そんな形で私は、引き続きクリムのアトリエで手伝いをすることになった。

「クリム、絶対にふたりで最高の錬成師になって、お母さんのことを世界中に伝えようね」

「うん。一緒に頑張ろう、ショコラ」

私とクリムは再び笑みを交わし、最高の錬成師になるために、今日もまた優しい奇跡を起こしていくのだった。

終

書き下ろし番外編

お砂糖多めの錬成術

真夜中のこと。

クリムのアトリエに隣接している寝室で眠っていると、少し寝つきが悪くて、変な時間に目が覚めてしまった。

しかし明日も朝から作業があるので、なんとか寝つこうと頑張っている最中……

「どうしてできないんだ……！」

アトリエの方から、そんな声が聞こえてきた。

釣られて扉に目を移すと、下の隙間からわずかに明かりが入っていることに気付く。

今のはクリムの声？　もしかしてまだ作業しているのだろうか？

とっくに日付けが変わっている時間なのに。

気になってベッドから下りて、そっとアトリエに続く扉を開けてみる。

すると予想の通り、クリムがアトリエでなにやら作業をしていた。

しかも珍しく、作業台で頭を抱えている。

後ろ姿しか見えないので、なにをしているか定かではないけど、クリムがあんなに悩んでいる姿なんて、今まで見たことがない。

初めての光景にやや戸惑って固まってしまうが、私は意を決して背中に声をかけた。

「なにしてるの、クリム？」

「あっ、ショコラ」

クリムは驚いてこちらを振り返る。

その時、わずかに隠れていた作業台の状況が明らかになった。

そこには……

「えっ？」

小麦粉、砂糖、卵、牛乳、バター。

パッと見ただけでもそれらの素材、というか食材が置いてあるのがわかり、予想外の光景に私は唖然とする。

これってもしかして……

「お菓子の材料？」

「この素材は、その……」

クリムは気まずそうな顔で、なにかをごまかすように銀髪をかく。

でもここまで見ればなにをしていたかは明白で、工房内にはほのかに甘い香りも漂っていて、私は確信を持って問いかけた。

「もしかして、お菓子の錬成をしてたの？」

「……はぁ、ここまでバレたら仕方ないか」

クリムは観念したように、この状況について説明してくれる。

「ショコラの言う通り、お菓子の錬成をしていたんだ。起こしちゃってごめん」

「う、ううん、起きちゃったのはクリムのせいじゃないから大丈夫だよ。でもなんでこんな真夜中にやってたの？」

日中は確かに仕事が忙しいから難しいと思うけど、寝る前なら少し時間もあるし、こんな時間にやる必要はないはず。

と思ったら、クリムは微笑ましい理由を、言いづらそうに語ってくれた。

「……僕、お菓子の錬成、苦手なんだ」

「えっ？」

「これまで一度も、うまくいった試しがないんだよ。形がどこかおかしかったり、味が物足りなかったり、食感がいまいちだったり……。それで、お菓子の錬成とはいえ、不恰好(ぶかっこう)なところをショコラに見られたくなかったから、いつもこの時間に練習を」

「そ、そう」

なるほど、私に失敗しているところを見られたくなかったということだ。

それってつまり、私の前ではいつでも格好のいい姿を見せたいと思ってくれているってことだよね。

ならなにも言うことはない。ニヤけてしまいそうな頬を頑張って抑えることに集中しよう。

にしても、あのクリムでも錬成術で苦戦することがあるんだ。確かにお菓子の錬成は難しいって聞くけど、クリムならパパッと作れちゃいそうな気がした。

「材料と材料の結びつきをうまくイメージできない。それぞれの材料の分量も意識しながら、完成時の形にも気を配らないといけないし。最初から分量を測った材料だけを用意していたら、少し簡単にはなるけど、それじゃあ一から錬成術で作ったことにならないし……」

クリムは再び作業台で頭を抱えて、悩むように声をこぼす。

そもそもどうして錬成術でお菓子を作りたがっているのか聞こうとすると、その問いかけを読んでいたかのようにクリムが言った。

「チョコさんみたいに、美味しいお菓子を錬成術で作れるようになりたいんだけどな」

「お母さんみたいに」

私の憧れの存在であり、クリムの師匠でもあるお母さん。クリムはお母さんをとても尊敬しているので、お母さんみたいな錬成師になりたいと思うのは当然のことだ。

私もそうだから。

「お母さんのお菓子、本当に美味しかったからね。しかも手製より錬成術で作った方が美味しいっていう、よくわからない特技持ってたし」

「本当、天才だよあの人」

おそらくクリムの頭をよぎっただろう。お母さんが錬成術で作った完璧なお菓子を、優しい笑顔で持ってくる光景が。

お菓子だけは手製に限ると錬成術の世界では言われているのに、お母さんは完璧なお菓子を、息をするように錬成しまくっていたからね。全部独学で錬成術を学んだ人だから、多分普通の錬成師とは感覚とか常識が違うんだと思う。

だから意地になって目指さなくても、と言おうとするけど、続くクリムの言葉に私は意識を変えられた。

「チョコさんみたいにお菓子も錬成術で作れるようにならないと、最高の錬成師になれたって言えないと思うんだ。これはそのためにも必要なことだから」

自分で自分を認められるくらいの、最高の錬成師になれた時、師匠がお母さんだったことを改めて公表する。

その目標のために、これはクリムにとってどうしても譲れないことのようだ。

確かに、お母さんが師匠だったことを公表するなら、お菓子の錬成が満足にできるようになってからの方がいいよね。お母さんが一番自信を持っていた特技だったし、きっとお母さんもその方が納得してくれるはず。

「このままじゃ、チョコさんに顔向けができない。一番簡単って言われているクッキーすらまともに錬成できないのに……」

思い悩んでいるクリムを見て、私は応援の声をかけようとする。

その時、ふと後ろの机に余っている材料を見つけて、私はなんとなしに手を伸ばした。

私も時間に余裕ができたら、お菓子の錬成を練習してみようと思っていて、まだ一度も試したことがないんだけど……

「【調和の光――不揃いな異なる存在を――我が前でひとつにせよ】――【錬成(アルケミー)】」

いったいどれくらい難しいものなのか気になって、試しに錬成してみることにした。

お菓子の種類はクッキー。味は少し甘め。形はハート。

それぞれの材料を脳内で適切な分量にして、交わるように結びつけていく。

ほどなくして魔法陣の光が収まると、その中心には……

「あっ、できた」

「えっ⁉」

イメージ通りのハート形のクッキーができあがっていた。

見た感じはうまくいっている。形も崩れていないし不純物の気配もない。漂ってくる香りも甘美なものだった。

クリムが驚いた様子でクッキーを見つめている。

「本当にうまくできてる。形も綺麗だし香りまで……。食べてみてもいいか？」

「ど、どうぞ」

それはもちろんと思いながら手で促すと、クリムは緊張した面持ちでクッキーに手を伸ばした。細い指でひとつ摘むと、おもむろに口に運んでいく。

サクッと、軽やかな音が耳を打ち、クリムの碧眼がまた一層大きくなった。

「すごい、ちゃんとできてる。味、形、食感、全部が完璧だ」

「それならよかった」

私は安堵の息をつきながら胸を撫で下ろす。

見た目と香りは完璧だけど、味はまずいとか言われたらショックだったからね。

初めてのお菓子錬成だったけど、うまくいってよかった。

「どうやってこのお菓子の錬成を成功させたんだ？　まさかなにか特別なコツとか、チョコさんから聞いたりして……」

「そんな特別なコツなんてなにもないよ。あっ、ただ……」

私はほのかに頬を熱くさせながら、辿々しく伝える。

「ク、クリムも知っての通り、錬成術は誰かのためを思って起こす奇跡でしょ。だから、食べてもらう人のことを考えながら、やってみただけっていうか……」

「食べてもらう人のこと？　それなら僕だって食べてもらう人のことを考えて錬成しているさ。みんなに美味しいって思ってもらえるように錬成しているけど、やっぱりうまくいかなくて……」

私が言いたいことがうまく伝わっていない。

恥ずかしいと思ったけれど、私は一層顔を熱くさせながら、意を決して明かした。

「わ、私は、クリムに食べてもらおうって、そう思ったからじゃないかな」

「えっ……」

クリムが驚いたようにこちらを見つめてくる。

私は自然とクリムのことだけを考えていた、と暴露する羽目になり、恥ずかしさから寝室へと逃げていった。

「お、おやすみ！」

「ちょ、ちょっとショコラ！」

それから私は心臓がうるさくて、結局すぐに寝つくことができなかった。


翌朝。

やや寝不足気味でアトリエに入ると、いつも私より先に起きているクリムが、珍しくソファの上で疲れたように眠っていた。

昨夜は色々あったから仕方ないよね。

そんな彼に、厚めの毛布をかけてあげようと思って静かに歩み寄ると……

ふと、自分の作業台の上に目が留まった。

「……努力の天才だね、本当に」

そこには、なんとも美味しそうな星形のクッキーと、感謝の言葉が綴られた手紙が添えられてあった。

終

あとがき

作者の万野みずきです。

この度は『ブラック工房を解雇された錬成師、王都で楽しい錬成ライフをはじめます！～おかげで幸せな第二の人生送っているので、元職場に興味はありません～』をお手に取ってくださり誠にありがとうございます。


劣悪な労働環境のアトリエでこき使われていた主人公が、追い出されたのちに幼馴染に拾われて、ホワイトな職場で伸び伸びと働き始める、というお話でした。

個人的に物作りのお話は、絶対に書きたかったテーマのひとつです。

元から物作り要素のある生活系のゲームが好きだったので、それを作品に落とし込んでうまくまとめてみたいなと思っていました。

それと恋愛ファンタジーも書きたいと思っていたので、その両方の要素を取り入れて執筆した作品が本作になります。

大好きな要素と大好きな要素を組み合わせたので、すごく楽しみながらお話を書けました！

ちなみにキャラの名前はお菓子がモチーフです。

自分は作品を書く時、キャラの名前に一貫性を持たせるためにモチーフを設定しています。

星だったりお菓子だったりお花だったり、時には楽器や音楽用語なんかも。

そうすることで作者としては、キャラの名前付けの時に迷わなかったりするんですよね。

それとそのモチーフについて調べることになるので、知らなかった星やお菓子などを知るきっかけになったりもします。

ただ、執筆中にお菓子の名前がたくさん出てくると、食欲を刺激されてしまうという欠点はありますけど。


では、ここから先はお礼になります。

WEB連載から応援してくださった読者の皆様、書籍から手に取ってくださった方々、誠にありがとうございます。

そして刊行にご尽力くださった関係者の皆様、主人公のショコラをはじめ登場人物たちを魅力的に描いて息を吹き込んでくださったぽぽるちゃ様にも、改めて感謝を申し上げます。

それでは、またどこかでお会いできたら幸いです。

万野(まんの)みずき

ブラック工房を解雇された錬成師、
王都で楽しい錬成ライフをはじめます！
～おかげで幸せな第二の人生送っているので、元職場に興味はありません～

2024年3月5日　初版第1刷発行

著　者　万野みずき

発行人　菊地修一

発行所　スターツ出版株式会社

〒104-0031　東京都中央区京橋1-3-1　八重洲口大栄ビル7F
TEL　03-6202-0386（出版マーケティンググループ）
TEL　050-5538-5679（書店様向けご注文専用ダイヤル）
URL　https://starts-pub.jp/

印刷所　大日本印刷株式会社

[illegible]-4-8137-9313-7　C0093　Printed in Japan

[万野みずき先生へのファンレター宛先]
〒104-0031　東京都中央区京橋1-3-1　八重洲口大栄ビル7F
スターツ出版（株）　書籍編集部気付　万野みずき先生